人世之歌

外国经典散文名家名译

谢大光◎主编

人生
人生之歌
初秋山间的幻想
信仰自白
生活态度
论生与死
生命力
生命力的发端
一条道路
谈孤独的生活
入世思源
像黄鼠狼那样地生活
活着的时间
年龄
人生之秋
断崖
门
发现世界

天津出版传媒集团
百花文艺出版社

126 说人的天性〔英国〕培根
129 谈孤独的生活〔英国〕哈兹里特
151 入世思源〔加拿大〕玛克丽特·劳伦斯
160 生活教会了我〔埃及〕阿巴斯·阿卡德
163 像黄鼠狼那样地生活〔美国〕安妮·第拉德
169 生活对我意味着什么〔美国〕杰克·伦敦
179 音的世界〔日本〕宫城道雄
186 活着的时间〔日本〕大佛次郎
189 年龄〔日本〕宇野千代
200 人生之秋〔黎巴嫩〕米·努埃曼
207 生命礼赞〔俄罗斯〕阿斯塔菲耶夫
215 断崖〔日本〕德富芦花
221 变化〔科威特〕穆·纳素夫
223 诸"神"的衰落在继续〔保加利亚〕阿·阿达切夫
228 门〔美国〕莫雷
232 漠然〔英国〕劳伦斯
237 发现世界〔法国〕杜阿梅尔
248 生之爱〔法国〕加缪
255 雨下〔法国〕阿兰
258 论未来〔英国〕约翰逊
264 谈寻求快乐〔英国〕切斯特顿
270 工作的乐趣〔英国〕阿瑟·本森
276 论无所事事〔英国〕普里斯特利
282 论舒适〔英国〕奥·赫胥黎
296 表象〔奥地利〕约瑟夫·罗特

人生

〔丹麦〕勃兰兑斯

这里有一座高塔,是所有的人都必须去攀登的。它至多不过有一百级。这座高塔是中空的。如果一个人一旦达到它的顶端,就会掉下来摔得粉身碎骨。但是任何人都很难从那样的高度摔下来。这是每一个人的命运:如果他达到注定的某一级,预先他并不知道是哪一级,阶梯就从他的脚下消失,好像它是陷阱的盖板,而他也就消失了。只是他并不知道那是第20级或是第63级,或是哪一级;他所确实知道的是,阶梯中的某一级一定会从他的脚下消失。

最初的攀登是容易的,不过很慢。攀登本身没有任何困难,而在每一级上从塔上的瞭望孔望见的景致是足够赏心悦目的。每一件事物都是新的。无论近处或远处的事物都会使你目光依恋留连，而且瞻望前景还有那么多的事物。越往上走，攀登越困难了，目光不大能区别事物，它们看起来都是相同的。同时，在每一级上似乎难以有任何值得留恋的东西。也许应该走得更快一些，或者一次连续登上几级，然而这是不可能做到的。

通常是一个人一年登上一级，他的旅伴祝愿他快乐，因为他还没有摔下去。当他走完十级登上一个新的平台后，对他的祝贺也就更热烈些。每一次人们都希望他能长久地攀登下去，这希望也就显露出更多的矛盾。这个攀登的人一般是深受感动，但却忘记了留在他身后的很少有值得自满的东西，并且忘记了什么样的灾难正隐藏在前面。

这样，大多数被称作正常的人的一生就如此过去了，从精神上来说，他们是停留在同一个地方。

然而这里还有一个地洞，那些走进去的人都渴望自己挖掘坑道，以便深入到地下，而且，还有一些人的渴望是去探索许多世纪以来前人所挖掘的坑道。年复一年，这些人越来越深入地下，走到那些埋藏金属和矿物的地方。他们使自己熟悉那地下的世界，在迷宫般的坑道中探索道路，指导或是了解或是参与到达地下深处的工作，并乐此不疲，甚至忘记了岁月是怎样逝去的。

这就是他们的一生，他们从事向思想深处发掘的劳动和探索，忘记了现时的各种事件。他们为他们所选择的安静的职业而忙碌，经受着岁月带来的损失和忧伤，和岁月悄悄带走的欢愉。当死神临近时，他们会像阿基米德[1]在临死前那样提出请求："不要弄乱我画的圆圈。"

在人们眼前，还有一个无穷无尽地延伸开去的广阔领域，就像撒旦在高山上向救世主显示的所有那些世上的王国。对于那些在一生中永远感到饥渴的人，渴望着征服的人，人生就是这样：专注于攫取更多的领地，得到更宽阔的视野，更充分的经验，更多地控制人和事物。军事远征诱惑着他们，而权力就是他们的乐趣。他们永恒的愿望就是使他们能更多地占据男人的头脑和女人的心。他们是不知足的，不可测的，强有力的。他们利用岁月，因而岁月并不使他们厌倦。他们保持着青年的全部特征：爱冒险，爱生活，爱争斗，精力充沛，头脑活跃，无论他们多么年老，到死也是年轻的。好像鲑鱼迎着激流，他们天赋的本性就是迎向岁月之激流。

然而还有这样一种工场——劳动者在这个工场中是如此自在，终其一生，他们就在那里工作，每天都能得到增益。在不知不觉中他们变得年老了。的确，对于他们，只需要不多的知识和经验就够了。然而还是有许多他们做得最好的事情，是他们了解最深，见得最多的。在这个工场里生活变了形，变得美好，过得舒适。因而那开始工作的人知道他们是否

[1]阿基米德(Archimedes，前287—前212)，古希腊数学家、发明家。相传罗马人攻陷叙拉古城时，他正在沙地上画几何图形，不幸被杀。

能成为熟练的大师只能依靠自己。一个大师知道，经过若干年之后，在钻研和精通技艺上停滞不前是最愚蠢的。他们告诉自己：一种经验（无论那可能是多么痛苦的经验），一个微不足道的观察，一次彻底的调查，欢乐和忧伤，失败和胜利，以及梦想、臆测、幻想、人类的兴致，无不以这种或另一种方式给他们的工作带来益处。因而随着年事渐长，他们的工作也更必需更丰富。他们依靠天赋的才能，用冷静的头脑信任自己的才能，相信它会使他们走上正路，因为天赋的才能是属于他们自己的。他们相信在工场中，他们能够做出有益的事情。在岁月的流逝中，他们不希望获得幸福，因为幸福可能不会到来。他们不害怕邪恶，而邪恶可能就潜伏在他们自身之内。他们也不害怕失去力量。

如果他们的工场不大，但对他们来说已够大了。它的空间已足以使他们在其中创造形象和表达思想。他们是够忙碌的，因而没有时间去察看放在角落里的计时沙漏计，沙子总是在那儿下漏着。当一些亲切的思想给他以馈赠，他是知道的，那像是一只可爱的手在转动沙漏计，从而延缓了它的停止。

罗洛　译

人生

〔英国〕杰·布瑞南

人的一生，从母体中到死亡，好比一列运行的火车，刚刚启动即加快速度，然后渐渐减速，最后停下。一个人在来到世间的最初几个月，他走过了祖先们费时千百万年所跋涉的阶段；接着，他开拓了新的疆域，而这之后的一切努力，决定着他一生中最后的历程。在停止脚步之前，他能走多远呢？

我们必须敦促自己，更注意去发展那些与丰富知识、提高技能不同的东西——如果它存在的话。人要变得有价值，那就意味着要发展我们与他人相处的关系，要善于在闲暇之际会适当地娱乐。在这发展之中，伴随着新的阶段，会出现新的障碍，这样，为了每向前一步，往往就要向后退一步或半步。

歌德说："每个人在年轻时，相信这个世界仅仅是随他而开始，万事万物仅仅是为他而存在。"正是因为有这种信念，才产生了所有成年人的麻烦事。

雄心勃勃的人回首往事，如同赛车运动员回味刚刚完成的比赛，他仔细地回忆着每一圈跑道，每一个拐角，想着如果当时快一点减速，或晚一点刹车，等等，那么他可能会赛得更好一些。"假如、只是……"诸如此类的想法，在人的老年时占据着重要的位置。

反省。一个人用显微镜看布，他看到的不再是布，而是不同的东西。一个人观察自己时同样如此。事物只有将它置于恰当的位置、适度地观察时，才能保留它们的本来特征。

对自己的行为作出几种不同的解释时，我们就知道，自己正在掩饰某些东西。

我们最熟悉的事物，常常是我们所缺少的。因为我们已经花费很多时间来想它们。

看到别人的愚蠢，我们原谅自己的愚蠢；看到自己的愚蠢，我们原谅别人的愚蠢。

勇气，即反抗自己的敌人的力量，道德的勇气则是反抗众人、有时乃至是自己朋友的压力。

有时安排自己的不幸，也怀着安排幸福的同样的热情。这难道是在做安排时，都在释放自己的能量？

作出决定，最令人精疲力尽。拿破仑的伟大，就在于他能时时对许多不同事情作出决定，而且常常是正确的。

他，生活中充满斗争，时有挫折，因而不幸。我，生活中安稳平静，因而幸福，这就是我之间的鸿沟。不幸者嫉妒、厌恶幸福者，这常常几乎是阶级的区别。

很难想象自己会容忍任何卑劣之极的行为，即使环境的压力将它强加于身。一个人，只有带着万分惊恐，怀着嫉妒或气愤，来知道一个行为可能是最卑劣的，尤其当它是暗中进行的时候，然而，即使人们实际上不容忍它，那也希望能够容忍它。

人们情愿自爱，但常常不能如此。原因在于他们已将自己确立成一个理想的形象，而将真实的自己置于阴影里。

因恐惧，我们向他人承认自己的恶行，却又装出对此漠然视之的样子，以表明自己的天真和可笑。

我们对友人之死会很快停止悲哀，因为我们也正在走向自己的生命的终点，会和他们重逢。他们虽不在世，却又时时和我们在一起。

智者，坚信思想比价值更重要。即是说，他们是思想，别是价值。

有些幻觉如果把握住是有害的，有些则是有帮助的。让我们至少收藏有我们的幻觉。

一个人，不承认自己的真实感受，伪善便露面了。正是如此，阶级感情和肤色偏见存在于绝大多数人身上，但不得不加以虚饰。

一些人三思而后言。而另外一些人则率先说出，他们常常惊奇于自己的话。这些话是直觉。

贫穷，是伟大的教育者。从不知道它的那些人，总会有所缺少。

世上有些事，穷者知则富者不知，病者知则健康者不知，愚者知则智者不知。

聪明，意味着对我们所有的观点和意见的虚伪之处，对我们最依赖的事物的不确定性和不稳定性，保持着清醒的头脑和判断力。

人们编造谎言，其自信远远大于讲真话。这难道是因为他们更加钟情于明明是自己编造的东西，而对已经发生的事情却漠然视之吗？

记忆并不是这样一个贮藏所，那里收藏有我们所需要想起的事，好比手中的魔杖，可以随时召唤。图书馆收藏有我们所需要的书，但一旦突然需要某本书，我们并不能一下子找到它。

糟糕的记忆是创造之母。莎士比亚把在中学学习的拉丁文忘得一干二净，可却灵活地驾驭英语的每一个词和谚语。

有一个秘密的敌人，总是伴随着我们，它藏在笔中，躲在眼镜里，飞机票上有它的影子，必须马上回答的重要事务信件中，也留着它的痕迹。它无时无地不伴随着我们，这个默默无语的、奇怪的闹鬼，我们从来没有学会赞赏它的幽默的性情。

我们追求的是幸福，可是回头一看，过去的日子里所得到的都已成为经验。关于这一点，叔本华这样说：我们有些像那些炼金者，本指望炼出金子，可替而代之的是发现了那些更有价值的事物，譬如火药、药、化学化合物和一些自然原理。

幸福需要成为永恒感情的一个组成部分：对此的信念或别的类似信念，将永不消失。

世界上有一位否定一切的清教徒，在从他的那座钟楼往外观看。有时，这种否定一切的思想足以摧毁我们的快乐和愉悦。

一些人独自居住一处生活，是为了忘掉他们自己。实际上，对于想念他们并且常常是痛苦地想念他们的人来说，他们的独居却是不恰当的，那会更增加人们的想念。

池中之蛙吃食、睡觉、消化，潜入水底产卵，只是为了和同伴们取得联系，才浮出水面。作家、画家、作曲家正是如此。

谁生活在人类社会中，谁就不会有天使来光顾。

贫穷能医治某些罪恶。我年轻时一贫如洗，但我敢直视每个人的脸，感到自由得很。

对年轻人，贫穷能变成一种冒险，他们知道自己能摆脱它，可对穷人则是家常便饭。

伴随着我们最不感兴趣却又最好的事情，总会有一种自我尊重、自我庆贺的气息。这就好比一个小而可爱的猴子，骑在一匹马上做手势："快看我。我正骑在这匹马上面。它是我的马。正是我骑着它。"

当我们羡慕某个人时，乐意听到别人夸奖他——但却不能夸奖太多。

按照塞内加[1]的话，我们贪心钱财，却浪费时间，尽管后者是我们唯一值得关心的事。然而这只不过是雄心勃勃之人的观点。对绝大多数人来说，活着就是为了消磨时间。

---

[1]塞内加(约公元前4—公元65)，古罗马哲学家、政治家。

我们仅仅是时而活着，时而死去。习惯，占据着我们生活的大部分，在这当中，我们重温旧日生活体验中已僵死的意义。这就是说，习惯是我们的精神骨架，没有它，无论我们自己抑或社会，都不能得以发展。

蚂蚁、蝴蝶，两者相比，我们更接近于蚂蚁。很少有人能够闲得住。

富人的吝啬，十有八九是源于他们害怕被别人视为傻瓜。每一个富人都觉得，他拥有一片森林，围绕着森林的人，都是想从他那里捞点什么。

正常，是一种幸福的平衡的要素，好像白色光亮，包容了所有光束的色彩。正常，帮助我们校正自己同别的正常人和睦相处的关系。可是也有遗憾，它使我们难以理解和同情那些不太正常的人。

痛苦时，好像有人在按门铃，声音响个不停。“好了，我听见了。我会去看牙科大夫的。他马上就会帮我治治。”可是铃声已经发疯，再也不会停下。

R告诉我，她听见B自言自语说："我恨我的孩子，我恨一切人。"人过六十之后，便走进了一片没有地图的疆域。各式各样的恐惧、憎恨、愤怒等待着他们，全成为新的疾病的最初征兆。他们夜晚的思绪影响着白天的思想。极少有作家描写过这样的人物。在小说中，我们看到的每一个年过六十的人，几乎都是毫无生机者，似乎一种外壳的生长，仅仅只是为了保护内心生活的风暴。

年长者的主要缺陷是独断专行和自满，这是由于长时期因袭习惯所产生的精神风湿症的一种类型。青年人的主要缺陷是易于上当和狂热，这得归于这样的事实：当突然面临生活而缺少经验时，他们的理想主义会激烈抗拒自己所生存的世界，他们认定是前辈们用贪婪和愚蠢创造了这个世界。

年老带走了我们所继承的东西，留给我们自己所争取来的东西。

在每一个老人那里，都有一个李尔王[1]，等待着爆发的时刻。

老人的悲观主义。约瑟引他父亲雅各到王宫见埃及王。

[1]莎士比亚戏剧中的人物。

雅各给王祝福。王问他："你有多大年纪了？"雅各回答："我在人世流浪已经有一百三十年了。这些岁月又短又苦，远比不上我祖先的。"(《圣经·创世记》)

许诺的回忆。美丽的花园和紫丁香，诱人的芬芳；月光，松间的风，杜鹃的呼唤，猫头鹰的啼叫。我们年轻时，它们的许诺使我们陶醉，它们告诉我们，这是我们自己真正的国度。我们可以永远在其中漫游。然而一旦我们开始衰老，它们却对我们叙说过去，叙说我们永远不会重逢的日子。

李辉　译

生命——心灵

〔印度〕泰戈尔

一

我的窗前是一条红土路。

路上辚辚地走过拉货的牛车；绍塔尔姑娘头顶着小山似的稻草去赶集，黄昏时分归来，身后甩下一大串银铃般的笑声。

而今我的思绪不在人走的路上驰骋。

我一生中，为棘手的难题犯愁的、朝着确定的目标奋进的动荡的岁月，已经埋入往昔。如今身体欠佳，心情淡泊。

大海的表面波涛汹涌；安置地球卧榻的幽深的底层，暗流把一切搅得混沌不清。当风平浪息，可见与不可见，表面与底层，处于完整的和谐状态时，大海是宁静的。

同样，我拼搏的灵魂憩息时，我在灵魂深处获得的所在，是世界元初的乐土。

在做旅人的年月里，我无暇注望路边的榕树；今日离弃旅途回到窗前，对他袒露胸怀。

他打量着我的脸，仿佛急不可耐地说："你理解吗？"

"我理解，理解你的为人。"我宽慰他，"你不必那样烦躁。"

平静了一会儿。我见他又着急起来，葱绿的叶子沙沙摇动，熠熠闪光。

我试图让他安静下来，说："是的，千真万确，我是你的游伴。亿万年来，在泥土的游戏室里，我和你一样一口一口吮吸阳光，分享大地甘美的乳汁。"

我听见他中间陡然响起了风声，他开口说："你说得对。"

在我心脏碧血的流动中回荡的语言，在光影间无声旋转的声籁，化为绿叶的沙沙声，传入我的耳鼓。这是宇宙的官方语言。

它的基调是：我在，我在，我们同在。

那是莫大的欢乐，其间物质世界的原子、分子瑟瑟战栗。

今日，我和榕树操同样的语言，表达喜悦之情。

他问我："你真的归来了？"

“哦,挚友,我真的来了。”我即刻回答。

于是,我们高喊着“我在,我在”,有节奏地击掌。

二

我和榕树倾心交谈的春天,他的叶子是嫩绿的。高天遁来的阳光,通过大小不一的叶缝,与地上的阴影偷偷拥抱。

六月阴雨绵绵,他的叶子像阴云那样沉郁。如今,他的簇叶浓密得像老人缜密的思考,阳光再也找不到渗透的通道。他一度像穷苦的少女,此时则似富贵的少妇,一副心满意足的神态。

今天上午,榕树颈子上绕着二十圈绿宝石项链对我说:“你为什么头顶着砖石?像我一样立在充实的空间里吧。”

“人必须维持内外两部分。”我说。

榕树晃动着身子:“我不明白。”

我进一步解释:“我们有两个世界——内在世界和外在世界。”

榕树惊叫一声:“天哪,内在世界在哪儿?”

“在我的模具之中。”

“在里面做什么?”

“创造。”

“模具中有创造,这话太玄奥了。”

“好比江河被两岸挟持，”我耐心地阐述，“创造受模具的制约。一样东西落入不同的模具，或成为金刚石，或成为榕树。”

榕树把话题拉到我身上：“你的模具是什么样子，说给我听听。”

“我的模具是心灵，落入其中的变成丰繁的创造。”

“你那封闭着的创造在太阳月亮之下能展露几许吗？”榕树来了兴致。

“太阳月亮不是衡量创造的尺度，”我用不容置疑的口吻说，“太阳月亮是外在物。”

“那么，用什么测量呢？”

“用快乐，尤其是用痛苦。”

榕树说：“东风在我耳畔微语，能在我心里激起共鸣。而你这番高论，我实在无法理解。”

“怎么让你明白呢……”我沉吟片刻，说：“我擒获你那东风，系在弦索上，它就从一种创造演变为另一种创造。这创造在蓝天或在哪个博大心灵的记忆的远天获得席位，不得而知，似乎有个不可测量的情感的天空。”

“请问它年寿几何？”

“它的年寿不是事件的时间，而是情感的时间，所以不能用数字计算。”

“你是两种天空两种时光的生灵，你太怪诞了！你内在的语言，我听不懂。”

“不懂就不懂吧。”我莫可奈何。

“我外在的语言，你能正确地领会吗？”

“你外在的语言化为我内在的语言，要说领会的话，它意味着称之为歌便是歌，称之为想象便是想象。”

三

榕树对我摇摆着繁茂的枝叶：“停一停，你的思绪飞得太远，你的议论太无边际了。”

这话击中要害。我内疚地说：“我找你本是为求安逸，由于恶习难改，闭着嘴话仍从嘴唇间泄流出来，就和有些人梦游一样。”

我掷掉纸和笔，目不转睛地望着他，他油亮碧绿的叶子，犹如弹拨光之琴弦的名伶的纤指。

我的心灵突然发问：“你见到的和我思索的，两者的纽带何在？”

“闭嘴！”我一声断喝，“不许你问这问那！”

我凝视着榕树，任时光悄然流逝。

“怎么样，你悟彻了？”榕树末了问。

“悟彻了。”

四

一天默默地过去。

翌日，我的心灵问我："昨天，你看着榕树说悟彻了，你悟彻了什么？"

"我躯壳里的生命，在纷乱的愁思中浑浊了。"我说，"要观瞻生命的纯洁面目，必须面对芳草，面对榕树。"

"你看见了什么？"

"我看见榕树的生命包含着淳朴的快乐。他非常仔细地剔除了他的绿叶、花朵和果实里的糟粕，奉献丰富的色彩、芳香和甘浆。我望着榕树感慨地默默地说：'哦，树王，地球上诞生的第一个生命发出的欢呼，至今在你的枝条间荡漾，元古时代淳朴的笑容，在你的叶片上放射光辉。在我的躯壳里，往日囚禁在忧戚的牢笼里的元初的生命，此刻相当活跃。你召唤他：'来呀，走进阳光，走进和风，像我似的携来形象的彩笔，颜料的钵盂，甜汁的金觞。'"

心灵沉默片刻，不无伤感地说："你谈论那生命，口若悬河，可为什么不条理分明地阐述我搜集的材料呢？"

"何用我阐述！它们以自己的喧嚣、吼叫震惊寰宇。它们的负荷、错综复杂和垃圾，压痛地球的胸脯。我沉思良久，不知何时是它们的极终。它们要累积多少层，要打多少个死结，答案写在榕树的叶片上。"

"噢！告诉我答案是什么。"

"榕树说：'没有生命之前，一切元素是负担，是一堆废物。由于生命的触摸，元素浑然交融，呈现为完整的美。'你瞧，那美在树林里漫步，在榕树的凉荫里吹笛。"

五

邈远的一个清晓。

生命离弃昏眠之榻，上路奔向未知，进入无感知世界的德邦塔尔平原[1]。

那时，他全身没有疲倦，脑子里没有忧虑；他王子般的服装未沾染尘土，没有腐蚀的斑点。

细雨霏霏的上午，我在榕树中间窥见不倦的、坦荡的、健旺的生命。他摇舞着枝条对我说："向你致敬！"

我恳求道："王子啊，介绍一下与沙漠这恶魔搏斗的悲壮的场面吧。"

"战斗非常顺利，请你巡视战场！"

我举目四望。北边的旷野里芳草萋萋，东边的农田生长着翠绿的稻秧，南边堤坝两侧是一行行挺拔的棕榈树，西边的红松、椰子树、穆胡亚树、芒果树、黑浆果树、枣树，纵横交

[1] 印度神话故事中的平原。

错，郁郁葱葱，遮蔽了地平线。

“王子啊，你功德无量。”我赞叹道，“你是稚嫩的少年，可那恶魔老奸巨猾，心狠手毒。你身薄力小，你精致的箭囊里装的是短小的箭矢，可那恶魔是庞然大物，他的盾牌坚韧，棒棍粗硬。但我看见处处飘扬着你的旌旗。你脚踏着恶魔的脊背，岩石对你臣服，风沙在投降书上签字。”

榕树显露诧异之色：“你在哪儿见到如此动人的景象？”

我解释道：“我看见你的激战以安静的形式出现，你的繁忙身着清闲的服装，你的胜利是一副温文尔雅的姿态。所以求索者坐在你的凉影里学习轻易获胜的咒语，研究轻易达成权力分配的协议的方法。你在树林里创办了传授生命如何发挥作用的学校。因而劳累的人在你的绿荫里歇脚，沮丧的人来寻求你的鼓励。”

听着我颂赞，榕树内的生命欣喜地说：“我出来与沙漠这恶魔作战，同我的胞弟失去了联系，不知他在何处进行怎样的战斗。刚才你好像提到过他。”

“是的，我管他叫心灵。”

“他比我更活跃。他不满意任何事情。你可以告诉我我那不安分的胞弟的近况吗？”

“他的情形我略知一二。”我说，“你为生存而战，他为获取而战，远处进行着一场为舍弃的战斗。你与僵硬作战，他与贫乏作战，远处战斗的对象是敛聚。战斗日趋复杂，闯入战阵的寻不到出阵之路。胜败难卜，在这迷惘彷徨之际，你的绿旗呐喊着‘胜利属于生命’，给斗士以鼓舞。歌声越来越高亢，在乐曲的危机中，你朴实的琴弦弹出鼓励：‘莫害怕，莫害怕！这是我捕捉到的基调——太初生命的乐音。一切疯狂曲调受其影响，融汇在欢快的歌声里。所有的获取和赋予，因而如花儿怒放，似果实成熟。’”

白开元　译

人世之歌❶

〔法国〕让·吉奥诺

我怀着一个夙愿，想写一部小说，让人们从中听到人世的歌唱。以我观之，现时的全部作品，给予平平庸庸的人类位置太过突出，而对世间山河这类奇伟的居民的脉搏跳动，却基本上忽略了，使我们感觉不到。作家们撒播在书里的种子，都是从同一个地方贩来的。大家在作品里竞相播种形形色色的爱情，长出来的苗子正在一天比一天退化；顶多再撒一两把别的种子吧，如此而已。而且所有这些种子，又都是以人为土壤的。我深知，要创作没有人的小说是不大可能的，既然世间存在着人。问题是，应该给予人以恰当的地位，而不应将之

❶此文是作者于小说《人世之歌》问世前两年，即1932年写的，收录在其短篇小说散文集《世态炎凉》(*Solitude de la pitié*)里。作者在这篇文章里阐明了他创作小说《人世之歌》的指导思想。

作为宇宙万物的中心。人不应当睥睨一切。须知，一座山不仅是以其高和大而存在着，她也有重量，有气味，有动作，有魅力，有语言，有感情。一条河也是一个人，自有其喜怒哀乐，自有其爱情、力量、灵魂和病痛，并且渴求冒险的经历。溪涧、山泉都是人，也会恋爱，会骗人，会撒谎，会背信弃义；她们袅娜多姿，以水草和苔藓为裳。森林会呼吸。田园、荒野、丘陵、海滩、大洋、山谷，常常受雷电轰击的峭拔的山峰、自创世纪以来山风就在其面前撞得粉身碎骨的傲岸的悬崖绝壁，凡此一切，绝非仅仅是可以令我们一饱眼福的景致。他们是聚族而居的活生生的人。这些千姿百态，生气勃勃，与我们一样具有人性的景物，我们却只了解其外貌。而至今我们之所以被种种神秘的东西所包围，恰恰是因为我们从来都不重视土地、植物、河流和海洋的心理状态。

我们从与一座山的友谊中得到的慰藉，我们对森林的向往，我们在闻到牛蒡子、蘑菇和树皮的芬芳时而产生的清心寡欲、飘飘欲仙的陶醉情感，我们在齐腰深的野草里奔跑时所得到的快乐，这一切并非产生于我们的感官，而是本来就存在于我们周围，引导着我们的行动，其程度超乎我们的想象。

我知道，作家们在自己的小说中，有时借助于一条河流以表现恐怖、神秘或力量。我知道，作家们写过山岳，至于描写土地和田园，描写树林里百鸟的鸣唱，更是家常便饭。我并不反对这样做。我所希望的，是给予他们以应有的地位。不过，最近儒尔·罗曼写了一部值得称赞的小说[1]，只是其中的巴黎略嫌瘦小。其实巴黎作为一个人，要健壮得多。我不甚了解巴黎，只去过几趟。但他向我充分展示了他的某些部位的肌肉运动，并且与我有过几次暗中交锋，致使我敬而远之。在人世间奇伟的居民中，巴黎一如其他大城市，只不过是一个漂亮、有教养、健壮、迷人而又腐朽的无赖。

我之所以说罗曼书中的巴黎太瘦小，是因为比较而言，他给予人物的位置太突出。当然，在将要出版的各卷中，巴黎的肖像也可能会得到补充，而以其本来面目呈现于读者面前：庸俗、饕餮、忙忙碌碌，犹如一只巨蚁，在人们的汗臭里吐着蚁酸，在泥土里掘着窠穴。

是的，作家们都利用过这一切点缀自己的作品。利用是不应该的，而应当洞悉。我认为，作家们应该洞悉、热爱、理解或憎恶人类所生活的环境，人类周围的世界，正如作家们为了描写人物，而力求了解他们，对他们衷心热爱或深恶痛绝一样。我们不应该孤立地写人，播种一些普通的、千百次使用过的种子，而应该揭示人的本来面貌，即塑造出被客观世界的芬芳、魅力和歌声所渗透、熏陶，因而实实在在、光辉夺目

---

[1]儒尔·罗曼(Jules Romains，1885—1972)，法国现代作家。此处是指他的小说《善意的人们》(*Les Hommes de bonne volonté*)，全书共27卷(1932—1947)。

的人物。只要你在一座小山村里短暂逗留过，你就会知道山在山民的日常谈话中占有何等地位。对于一个渔村来讲，重要的是大海；对于平原上的村庄来讲，重要的则是田野、禾稼和草地。我们不应把人物孤立起来。人不是孤立的。大地的面貌镌刻在人的心里。

要写这样一部小说，必须有全新的视觉、听觉和触觉，作家本人一定得饱尝过人生的创伤、摔打和磨难，从而渴望听到人世所唱出的催眠曲。

罗国林　译

初秋山间的幻想

〔日本〕川端康成

人类确有许多本领胜过一般动物，比如语言、文字、交通机关、电信电话等等，因此，无论在精神上或是在肉体上，人类相互间同其他动植物间的交际，存在着很大的差别。具体地说，东京的狗就不了解伦敦的狗。岂止不了解，恐怕连做梦都没有梦想过。山南的桔梗花恐怕看不见山北的桔梗花就完全凋零了。

如果说，现代人类的本领也超越其他动物，具有一种不同于其他动物间的交际方式，那么将来人类在精神上和物质上所具有的东西，就将会更加丰富，那一天彼此之间肯定会具有超越现代人类相互间的交际本领。这是一种正确的预想。幻想着未来人类相互间交际的模样，倒是一件饶有兴味的事。假定人类的灭亡、地球的毁灭总有一天会到来，这种幻想也不见得就是那么愚蠢吧。

随着机械文明、物质文明更加巨大的进步，人类在这方面拥有的东西将更加丰富，那时候人类相互间的交际情况，又将如何呢？我每次做这种幻想，就不由得被一种不安的思绪所袭击，仿佛将把人类引向自我毁灭的深渊。不过，这种事态不至于发生吧。人类的智慧虽然会拯救它，但有时这种期待也会出乎意料地落空。例如所谓资本主义制度，是一种其他动物显然看不到的人类特有的东西。它似乎使人类大大削弱了。人类将来或许会从这种制度下摆脱出来，可是谁又能断言将来物质文明和机械文明不会比资本主义制度在人类的额上制造出更多的恶性肿瘤呢？这方面的幻想到此为止吧。我没有多少物质科学的知识，眼下对自己来说，这是一种力不从心的考察。

至于精神方面的问题，我以为有三种情况，那就是：生者与生者的交际、生者与死者的交际、死者与死者的交际。倘使任凭这三种情况的幻想自由驰骋，那么首先应该考虑精神的问题。换句话说，就是理所当然地应该考虑心灵的本质问题。然而，现代的心灵学似乎仍徘徊在相当幼稚的世界里。现在好不容易才稍稍达到用实证科学来证明灵魂是不同于肉体的存在，仅此而已。说我相信已经证明了的心灵学家的主张，也许是适当的。

就人的灵魂问题思考过的先觉者们来说，他们往往只尊重人，公开蔑视其他动物和植物，或者暗地抹杀它们。我对此深感不满。我认为走向这样独善其身的缥缈的世界是行不通的。再说，我觉得只尊重自己的灵魂，陷入超脱的思想境界，或只安于认识自我存在，这种认识论也是很肤浅的。这种思想，一旦碰到"死"这个东西，不就有点难办了吗?这种西方式的思想，似乎是行不通的。

以前自己在一部小说中曾这样写道：

大体上说，人为了将人同自然界的森罗万象加以鲜明地区别开来，世世代代就得延续不断地做着这种永恒的历史性的努力，但这并不是愉快的事啊。大多数人感到人生的空虚，这种精神难道不是从这种努力的遗传而来的吗？我觉得，人说不定什么时候会从迄今的努力的道路上倒退，犹如投向空中的石子，力尽之后就会掉落在地面上一样。(中略)倘使事情像这次地震的程度就好啰。为什么呢？因为人再怎么惊慌失措，也不能认为人是这样虚幻无常的吧？事实上也还没到全人类都自缢的程度。人岂止不厌世自杀，反而还懂得了生命之可贵。地震夺去少数人的生命(让人觉得人世间的无常)，也许会使人们感到人生灰暗。但是，人类继续存在是庄严不可侵犯的。当然，这是极大的好事。我们也要看到世上还有些冒失鬼，君不见不是有人联想到地球或宇宙也会有毁灭之日吗？从道理上说，人是知道地球会毁灭的。可是，恐怕没有谁听说过，有人因为有了这种知识而绝食自杀的吧。假使有人这么做，他就是个白痴。倘使这是白痴，那么认为人类可能面临末日的人，也是个白痴。试想，人们没能从某被服厂的大火浩劫中逃脱出来而被烧死，他们那种狂乱的感情，是整个人类末日的感情。在那狂乱的一瞬间，全人类一个不剩地毁灭这类事，也是不可想象的，也是不堪忍受的。有人信赖那个世界，愿意安详地离开这个人世间。这是一种对死的有意识的反抗。骑士为了保卫人类同死而战是出于本能，因而有时也是无意识的。这是人类继续存在的信念啊！在人类灭亡、地球毁灭的日子里，这个种族继续存在的信念，就变得无用了。怎么办？你会这样问的吧。然而，我一点儿也不担这份心。为什么这样说呢？因为我认为在这一天到来之前，人类定会产生信心，足以代替现在的种族继续生存感。这种信心是什么呢？请你回家问问尊夫人吧。于是尊夫人成为夫人之前，能够回答你的问题的时代到来之前，将会使刚才谈到的轮回转生学说，好像在一片焦土上绽开的一朵鲜花那样可爱。倘使不是人投胎转生为企鹅或夜来香，而是夜来香同人变成一体，那就更合适了。哪怕仅此一点，也真不知会使人的心灵世界，换句话说就是爱，变得多么广博和适畅啊！由一元而多元，由万有灵魂而一神……啊！怎么都好呀。从这里出发，会产生什么样的信心呢？那就该由尊夫人来回答了。而且，你知道，直到尊夫人回答问题的那一天，人类、地球和宇宙都绝不会毁灭，绝不可能毁灭……

总之，我不可能认为这种轮回转生学说是完全可以打开宇宙的神秘的唯一一把钥匙。不过，我倒觉得它是迄今人类的思想中最美好的东西之一。最初我是把它作为灵魂上的事来信仰的，然而由于物质科学的进步和其他原因，把它说成这是一种迷信了。另一方面，也可以说在物质世界里，这一学说反而招来了获得科学性实证的结果。物质的轮回转生这句话有点滑稽可笑，它包含着运动、畅通、不灭等精神。物质在运动。就算我说我的小指尖的一细胞冲着整个宇宙在运动，也不见得就是那么荒唐吧。

以灵魂的轮回转生学说来说，今天恐怕也不能断定就是迷信。灵魂是不同于脑细胞或肉体的另一种存在，而且还不十分清楚地认识它的真面目，那么关于它的美丽假设，就不能轻率地肯定，同样也不能轻率地否定。

写得太冗长，该在这里搁笔了。虽说是对遥远未来人类的灵魂生活所做的种种幻想，但不能说自己就那么高尚。最近，每晚我都感到这温泉浴场的月亮很美。我设想长夜之宴，然而这不可能，我便沉湎在长夜的幻想之中，体味一番乐观的情趣。

1925年11月

叶渭渠　译

我的人生信念

〔德国〕托马斯·曼

不管是简单地或详细地,我觉得要将我对人生和世界的哲学概念或信念——或许应该说是我的观点,或我的感情?——有系统地陈述出来,是非常困难的一件事。经由图像和韵律间接表达我对世界和人生问题的这种习惯并不适宜于抽象的说明。我现在的情况,倒有点像浮士德被格列卿(Gretchen)问到他对宗教的态度时一样。

当然你的意思并不是要考问我,但事实上你的询问与此相似。因为就我个人而言,我认为要说出我对宗教的感觉可以说比要说出我对哲学的感觉容易些。真的,我否认我对精神方面的问题持有任何空论的态度。我一直惊奇于有些人为何那样轻易将"上帝"这两个字说出口——或甚至笔之于纸上。对我以及和我同类的人而言，在宗教上，某种程度的谦虚，甚至缺乏信心远比任何过度的自信更为适宜。我们似乎只能以间接的方法来研讨这问题：利用比喻，即伦理的象征，这样可以使这概念与宗教脱离关系，暂时除掉教士袍，而只从事于合乎人性的精神问题之探讨。

最近我读到一位博学的朋友讨论RELIGIO这个拉丁字的来源和历史的一篇论文。这个字的动词形为RELEGERE或RELIGARE，它的非宗教的意义是照顾、留心、想起等。它是NEGLEGERE或NEGLIGERE（疏忽之意）的相反词，意指专心、挂虑和仔细、谨慎、小心之态度而言——也就是一切不当心和疏忽的相反词。整个拉丁时代，RELIGIO这个字似乎都保持着知觉、良心上的顾虑等意思。在最早的拉丁文学里，这个字的用法就是如此，并不一定与宗教或神的事情有关。

读了这篇文章我觉得很高兴。我对自己说，如果那样子便算笃信宗教，那么每位艺术家，仅依其艺术家的身份，都可大胆地自认为是笃信宗教的人了。因为还有什么会比不当心或疏忽更与艺术家的本性相悖呢？除了专心、谨慎、注意、深切的关心——总而言之，仔细——之外，还有什么东西更能显著地表现出他的道德标准以及他与生俱来的特质呢？艺术工作者当然是最细心的人；智慧高的人都是如此，而艺术家以其创造性的才华建造人生和心智间的桥梁，只是此一类型的一种表白而已——或者我们应该说，一个特别令人欣悦的怪物?是的,细心就是这种人最明显的特征:他深切而灵敏地注意着整个宇宙精神的意旨和活动,真理之外衣的更换,正确而必需的事物,换言之,即上帝的意旨。有心智和精神的人,必须不顾那些愚蠢,受到惊讶,依恋于当代颓废和罪恶事务的民众间所引起的恶感,而全心全意地为上帝服务。

那么,艺术家、诗人——由于他不但对自己的作品,而且对善、真和上帝的意旨都能全神贯注——可以说是一个对宗教虔诚的人了。当歌德用下列词句赞美人的高贵命运时,他的意思就是如此:

思想永远正确的人,永远完美而伟大。

再换句话说:对我这类人而言,有人性才有对宗教的信仰。我的意思并不是说人性来自对人类的神化——事实上这根本没有什么根据!当一个人的话日日与冷酷无情的事实互相矛盾时,他在观察我们这些疯狂的人类之后,他还敢尽发乐观的豪语吗?每日我们都看到人类在犯着十诫里的恶事;日日我们都为其前途失望,我们非常了解为何天使们自创世以来一见到造物主对他那可疑的手工显出难解的偏心时,他们就会脸露轻蔑。然而——今天更甚以往——我觉得不管我们的怀疑如何有根据,我们绝对不能对人类心存讥讽和轻视。虽然人类的罪恶昭彰,但我们也不能忘记他在艺术的形式,科学、真理的追求，美的创造，正义的概念等等方面所显露出来的伟大和可敬的特质。每当我们说出人类或人性这两个字眼时，我们便触及一个“大神秘”；如果我们对这“大神秘”已无知觉，那么我们便已经屈服于精神的死亡。

精神的死亡。这几个字听来倒很有宗教味道，而且令人有异常严肃之感。今天我们的时代特别严酷，人类的整个问题以及我们对它的看法都有着生死存亡一般的严肃。对每个人而言，尤其是对艺术家，这是一个精神的存亡的问题；用宗教的术语来说，这是个救赎的问题。我深信：一位作家如果不能面对并且为他自己解决人生问题，而致背叛精神界的事物，那么他自己本身已经是不可救药了。不可避免地，他将会发育不全，他的作品将蒙受损失，他的才能将会衰退，直到他不能赋予他的创作以生命。即使在他受责难以前所创造的作品，而且一度是上乘又有生命的东西，最后也将不再给人如此的印象。它将在人们眼前呈现完全崩溃的景象。以上这些便是我的信念；我的脑子里确有这样的例子。

当我说人类是一大神秘时，我是否夸大其词呢？人类来自何处?他来自自然，来自自然界的动物，而且行为与其同类毫无差异。但是在其身上，自然发觉到他自己。自然创造了他，不仅仅是要他主宰他自己。也在他身上，自然敞开胸怀承接精神的奥妙。他探询、赞赏和判断自己，就仿佛是在一个既是他自己又是属于更高一层的一个创造物身上。发觉自己，便是有良心，能辨别善恶。较人类低一层的自然不知道这些。他是“无罪的”。但在人类身上，他便有罪了——也就是“所谓堕落”。人类便是自然离弃纯洁之后的堕落；这不是下降，而是上升，也就是说，有良心之情况乃是高于无罪之状态。基督徒所谓的“原罪”不仅是使人们接受教会控制的一种策略。那是作为精神体的人对其天生的柔弱，犯错的倾向，以及在精神上能够超越这些弱点的一种深切的觉醒。这是对自然的不忠吗？绝对不是。那是对自然最深邃的要求之反应。自然之创造出人类就是为了他本身的精神化之目的。

这些概念既合乎基督教义，又合乎人情；而且很明显的，如果我们今天特别强调我们西方文化的基督教性质，对我们将会有益处。对于今天那些未受足够教育而企图“征服基督教”的一些人，我最具反感。我同样深信未来的人类——也就是现在正从各种的努力和试验吸取生命，且为当代优秀人才努力奋斗的目标，那是即将诞生的，包含全人类的一种新知觉——在基督教信仰的精神里，在基督教的二元论（亦即灵魂和肉体、精神和生命，真理与“此世界”）中，这种人文主义将永不会耗尽其生命力。

我深信人类的一切努力，必须能有助于这种新的人类的知觉之诞生，才能算是好的，值得的，当我们这个无望又无领导者的阶段过去之后，所有人类将生活在这一知觉的庇护与支配之下。我深信我这些分析和综合的努力，只有当它们与这即将来临的诞生有关时，它们才有意义和价值。事实上，我相信一个新的，第三类人一定会到来，在面貌和基本性质上都将与其前辈不同。他以乐观的态度注视人类，但他不是过分夸赞人类，因为他有前人所没有的经验。他勇敢地面对人类的黑暗、凶恶，这些极端原始的一面；而对其超生物的精神价值也怀着敬仰。这新的人将是全世界性的——他会有艺术家的态度：就是说，他能认出人类伟大的价值和美好乃在于人类是属于两大领域，自然界和精神界。他会知道在这一事实内，并不含有浪漫的冲突与悲剧的二元论；而是命运和自由抉择之完美有效的融合。基于此，才有对人类的爱心，而人类的悲观与乐观在此爱心中也会互相消融了。

年轻的时候，我迷惑于那将生活和精神，肉欲和超度互相对立的悲观而浪漫的宇宙观。从这宇宙观中艺术得到一些最迷人的结果——虽然迷人，但对人类而言，却没有什么真实的意义与合理的价值。简言之，我是华格纳的信徒。但是大概由于年龄增长的关系，我的爱心和注意力逐渐地集中在一个更适当更健全的典范上：那便是歌德。他是恶魔和文雅的混合体，也因此使他成为人类的骄子。我并不是轻率地选择他作为我穷毕生之力以赴的史诗之英雄，他是一位得到天地万物赐福的人。

约瑟夫的父亲雅各曾对他如此祝福。这并不是说他真可以得到这样的赐福，而是说他就是这样子受到赐福，是希望他幸福的一个愿望。就我而言，这是对我理想的人类最简要的说明。不管是在心灵和人格领域内的任何地方，只要我能发现我把这些理想表现出来，例如黑暗和光明，情感和理智，原始和文明，智慧和愉快的心灵等之融合——简言之，即我们所谓人的那有人性的神秘体：我就献出我最诚挚的忠诚，我的心就有其他心的所在。让我说得更清楚些：我的意思并不是将浪漫变得更微妙，也不是将野蛮变得更精致。我只是将自然阐明，那便是文化；作为艺术家的人类，艺术乃是人类迈向了解自己的崎岖道上的向导。

对人类的一切爱需留待未来，对艺术之爱也是如此。艺术就是希望……我并不是断言人类未来的希望落在艺术家的肩膀上；而是说艺术是所有人类希望的表现，是幸福而平衡的人类的影像和模范，我喜欢常常想着：一个未来即将到来，那时一切非由智能控制的艺术，我们都将斥之为魔术，没有头脑不负责任的本能之产品。我们之斥责它，就如它在像我们现在所处这样无能的时代里受到赞扬一样。事实上，艺术并非完全是甜美和光明。它也不全然像地球深处那么黝黑、盲目与古怪，它不仅仅是“生活”。未来的艺术家对其艺术将有更清晰，更恰当的见解；艺术是天使的魔术，它是生活和精神之间有翅膀，有魔力，有幻影的调和者，因为一切调和之本身便是精神。

林衡哲　译

信仰自白

〔美国〕爱因斯坦

可以和能够把自己最好的观察和研究能力奉献给客观的、非时间性的现象，做一个这样的人，真是有特殊的福分。我有幸享有这种福分，它使我在很大程度上不依赖个人的命运和周围人的行为。对此，我是多么高兴和感激啊！但是，这种独立性并不允许我们漠视把我们与过去、现在和将来的人类联系在一起的义务。

我们这些生活在地球上的人的状况奇特得很。我们中的每个人，既非自愿也无人邀请，就在这世界上作一短暂的逗留，对于为了什么和目的何在却毫无所知。在日常生活中，我们只是感受到：人是为别人而生存的，即为我们所爱的以及许多与我们命运攸关的人而活着的。

我一直在想,我的生活在多大程度上依赖着其他人的劳动,我知道,我欠他们多少。

我不相信意志自由。叔本华说:人虽然能够做他想要做的,但不能要他所想要的。这句话在任何情况下都陪伴着我,并使我与人们的行为和解,即使这些行为确实伤害了我。这种对意志不自由的认识使我得以不过分严肃地对待作为行为和判断的个体的自己和他人,并使我保持有益的幽默。

我从不追求舒适和奢侈,毋宁说我甚至十分鄙视这一切。我的社会正义激情经常使我与人们发生冲突;同样,我对不是绝对必要的束缚和依赖的反感也使我与人们发生冲突。我始终尊重个人;我对暴力和社团狂热怀有不可克服的反感。出于这种动机,我是一个热情的和平主义者和反军国主义者,我拒绝任何形式的民族主义,即使它装出爱国主义的样子。

我认为,来自地位和财产的特权是不公正和腐败的,过分的个人崇拜也是如此。尽管我熟知民主国家形式的缺点,但我仍然拥护民主的理想。社会的平衡和个人的经济保障,我始终认为这是国家的重要目标。

虽然,我在日常生活中是一个典型的独往独来者;但是,归属于一个追求真理、美和正义的看不见的共同体的意识,阻止了孤独感的产生。

人所能体验的最美和最深刻的东西是充满神秘的感情。

这是宗教和艺术、科学中所有深刻追求的基础。我认为，体验不到这一切的人，即使不像一个死人，那也像一个盲人。在我们经验之外，隐藏着为我们心灵所不可企及的东西，它的美和崇高只能间接地、通过微弱的反光抵达我们，感受到这些，就是宗教。只是在这意义上，我才是个有宗教感情的人。满怀惊异地预感和寻求这种神秘，谦恭地在心灵上把握存在的庄严结构的黯淡摹本，对我来说，已是足够的了。

陈泽环　译

人生的意义

〔日本〕汤川秀树

同学们都很年轻，你们面前有着广阔的前途。平均起来你们今后将有六十年左右的寿命，也就是说，你们将跨过二十世纪进入二十一世纪。在这个时期里，世界将会发生什么变化呢？回忆一下二十世纪前半叶的六十年中期，世界上发生了显著的变化，由此可以想象到未来的五六十年中也将产生难以估量的巨大飞跃。

究竟人世间演变的起因何在？当然，不难想象有地震、台风、洪水等自然因素造成的变迁。不过，这种自然因素的影响只是暂时的，尽管是重大事件也绝不会产生永久性的影响。从长远来看，可以说主要的还是人类的所作所为带来了世界的变化。

以交通的发达为例，现在汽车、飞机的数量大增，速度加快，再加上通讯事业迅速发展，电话、广播、电视也已经普及，这些都为世界带来了不少变化。诸如此类的变化今后还会应时而生、层出不尽。

若考究一下发生这些变化的原因，就会发现：最大的因素是人类知识、技术的进步。简而言之，即科学的进步引起了世界的变化。众所周知科学是人类创造、思维的结晶，是人们在有生之年辛勤工作的点滴积累。不光科学，人类还有许多其他活动也推动了社会的发展。关键问题是今后的世界还将由活着的人们奋斗不息地发展下去。

因此，我希望同学们深刻认识到，你们自己也是这活着的人群中的一员。如果有人认为：我的力量微不足道，根本不可能去改变一个世界，所以自己除了顺应社会趋势，随波逐流，别无所能。这种想法是极端错误的。因为尽管每个人的力量是十分微薄的，但是不能否认正是这些个人不懈努力的结果，才使社会得以发展、变化。

但是变化本身也有多种多样，究竟朝什么方向演变才好，这又是一个问题。我们应当努力设法使世界朝着光明的道路发展，而不要走向其相反的方向。要下定决心为把世界逐步引向光明的道路，而贡献自己微薄的力量——不光有决心，更要采取实际行动。我们应当认识到这样生活才是真正有意义的。

为了建设好这个世界，应当采取什么方法来贡献自己的力量呢？不用说，那是因人而异的吧。即使定下了今后努力的目标，选择出适当的道路，并已开始在这条道路上前进，也未必能够获得成功，或许会以失败而告终。究竟成功与否，谁也无法预测，不可能先知先觉。我相信只要努力就有成功的希望，从而竭尽全力去干，这便体现了人生在世的真正价值。

人们常说，现在的年轻人比起前人现实多了，也就是说他们开始关心将来，想方设法使自己的晚年过得更加舒适。这种考虑也许是人之常情，未必是坏事。但是如果青年人一味考虑个人生活的安逸，未免令人失望，而且，如果他们以为未来和现实不会有多大差异，因而只是考虑在眼前这个圈子里，如何生活得更好，那就不仅是令人失望，而且是幼稚可笑的。

有人以为："别人都考某某大学，所以我也要进某某大学。""要是能进某某公司工作，将来生活就有保障。为了能进某某公司，大概先进某某大学比较合适。"这类消极的想法如果充斥于青年人的头脑，前景会是什么样子呢？

如果日本全国都是这样的青年集合在一起，会有什么结果呢？到那时日本人在这个地球上将变得十分渺小，失去影响。不仅如此，在日益激烈的国际竞争中——特别是创造文化价值的竞争中，日本将成为十足的落伍者。这样下去，日本人的个人生活也会在精神和物质方面双双遭到破产。

本来，在现实或将来的社会上，每一个个人的问题与社会全体的问题，推而广之和全世界的问题，是绝对不能分割的。由此可以懂得前面所说的“现实主义态度”，或者用个贬义词，叫做利己主义的生活态度，它乍看起来似乎稳妥可靠，实际并非如此。青年中至少应有一部分人能够立志摆脱个人打算，怀着崇高的理想向前迈进。如果连这一点也做不到，那么日本也好，世界也好，便不会朝着进步的方向发展。这种结局所带来的恶果又将会反过来影响到每一个个人，给人们带来巨大的不幸。前面我已讲过，抱有崇高理想前进的人，即便不能获得完全成功，那种生活也具有重大意义。我认为觉悟到生活的意义而活在世上才是真正的现实主义的生活方式。

庞春兰 译

生活态度

〔日本〕池田大作

我认为人生中不能没有爽朗的笑声。爽朗的笑是“家庭中的太阳”。我希望能有打内心里为他人的喜悦而喜悦的余裕。在这样的生活态度中，每一天都会给我们留下一些明朗愉快的东西。只看人的阴暗面的生活态度，最后只会扩大阴暗抑郁的世界，从而导致自己的失败。

我希望能在真正的自我中，始终保持不断创造新事物的创造性和为人们为社会作出贡献的社会性。在平凡的生活中仍能发现新鲜的感动和喜悦的人，可以说是使自己生活得富有创造性。我希望从风中颤动的一片树叶上也能听到光线的脉搏的跳动；我希望能培养出一颗在路旁开放的无名的野花上也能发现美的心灵。但这不能是感伤。我希望的丰富的心灵，应当充满了正义和勇气，能以强韧的生命力去冲破任何惊涛骇浪。

一味地把他人与自己相比，这种生活态度是渺小的。他人有他人的使命，自己有自己的使命。应当以这样广阔的心胸，从昨天到今天，从今天到明天，一步一步地登上进步与向上的坡道。这样的力量才是真正的青春活力。

对于人来说，重要的一点是是否拥有可以回归的大地和原点。人生有苦恼，有困境。正因为如此，人生也有妙味乐趣。总之，在即将丧失自我的时候，重要的是要有一个把自己摆在应有的位置上的坐标轴。

要有战胜自己的勇气。人这种生物，关系到自己的时候，往往是姑息的、软弱的。平常可以说一些坚强的话，可是一旦轮到自己的时候，所说的话往往一半也不能实行。好事作为自己的功劳，坏事归之于他人的过错——恐怕谁都有这样丑恶的一面。能战胜这种软弱的自己、丑恶的自己，才称得上有最大的勇气。

对自己应当做的事，要燃烧起满怀热情。对现在应当做的事不全力以赴的人，没有资格谈论未来。只有切实地站稳脚跟，才会有接着的大飞跃。

我们说没有独自一个人的人，并不是说要经常介意他人的生活方式，而是说对自己要有客观的眼光，对他人要站在他人的立场来考虑问题。这样就会产生同情和关怀，就会培养起广阔的心胸。

饱经风霜的人们的人生历程，不管他们是有名还是无名，都会自然地有着一种像熏黑的银子那样厚重的光泽。每当遇到许多这样可以称之为人生的达人的、有着深厚情趣的长者，我总觉得面前站着的是一个坚实的人，较之他们尊贵的面容，我更感到他们顽强坚持到今天的矫健的步伐和人生的坚实。即使他们是平凡的，但对他们在每天的哀欢的彼岸，有着用最大的精力来支撑人生的崇高的事实，我总是不禁要产生一种热乎乎的敬爱之念。

“老”的美、老而美——这恐怕是比人生的任何时期的美都要尊贵的美。老年或晚年，是人生的秋天。要说它的美，我觉得那是一种霜叶的美。从这一意义来说，青春的美，也许可以比喻为绿叶的闪耀。当然，这种耀眼的美确实是无与伦比的。但也许由于它嫩而显得有点浅，令人担心它一旦失去这种美，就会立即脆弱地枯朽死去——起码是有这种可能性。相比之下，老年的美包含着一种深度。

词汇中有“老丑”、“老残”之类的词，可见“老”往往被人们认为是贬义的。但是，谁都必然地要迎来“老”。从某种意义上来说，它是人生的总决算、总完成，是一个人的生即将完结。我经常这么想，人生真正的成败是进入老境之后才能决定的，最后的形象可以是一个人的人生的一切。把半生当作一块砥石所磨研出来的生命的清冽的光辉，将会直接升华的。相反，怠惰和忧郁的半生也将会在衰老的形体上留下不幸的暗影。

再没有像人生这样激烈地“有为转变”❶了。当年的名人的悲惨的晚年，有时也会在报章上喧闹一时。但我还是希望进入老境之后能越发增添人生的光辉，怀着生的乐趣，勇敢地生活下去。这当然要取决于对人生不懈努力的态度——但人生的成败还是要靠六十岁以后的最后胜利才能增光添色。

“伟大的人物”懂得平凡的伟大，所以重要的是不能自吹自擂、显示自己的伟大，而要真实诚恳地生活下去。拼命地装出了不起的样子，反而自我表明了自己的无力。

---

❶有为转变，佛教用语，变化不已的意思。

真正的人的伟大是什么呢？尊贵是什么呢？不是“有名”这两个字，也不是权力或财富。是作为一个人是否有着最完美的人生。我相信这就是人的价值。是生老病死的苦恼的循环，还是能发现在那里生活的力量和尊贵？我觉得这种人性的明暗是与它紧密相连的。

当把目光集中于“人的自我完成”这一点时，显然就会从为外形的差异而忽喜忽忧的浮萍似的人生，转向脚踏实地的牢固的人生。而具有了这种牢实的人生观时，反而会诞生要打破和变革安逸的、使人有不平等感的社会通念的坚强的人。我深信，最重要的是每个人都能健壮地成长为这样的人。

什么是人生的完成呢?归根结底是在于自己作为一个人的完成，在于建立今世乃至永恒的幸福。

人生如梦，但生命是永恒的。所以这一瞬间的生命比任何财宝都宝贵，绝不能让这宝贵的每一瞬间无所作为地度过。

对于人来说，再没有比为使命而生更尊贵的了。不知道为什么而生下来、为什么而活下去的人生，恐怕是最浪费的人生。这里没有使命的自觉，如同毫无目标的彷徨的人生。——人往往在这里寻求无常的梦。但是，彷徨只不过在别人看来似乎很有自由，其实对于不得不彷徨的本人来说，那是因为没有生的基地，每天都为明天而担忧，为心灵的空虚而苦恼。没有使命的人生就如同是彷徨的人生。

人生一辈子都是建设。没有建设的人生是失败的人生。

人生如同行路。等待在前方的都是未曾经历的未知的世界，苦劳和危险是不可避免的。人觉悟到这是人生的实相时，首先应当克服绝望。

拼死的生活态度——这无疑是使自己意识到生的充实感的发条。

卞立强　译

人生絮语(外一篇)

〔利比亚〕阿里·米斯拉提

虚度年华者的回忆,就像没有火车的火车站。

微笑有时是凝固的泪。

勉强的笑容犹如假药,切不可轻信。

铸剑者是不是勇士无关紧要,但持剑者若不是勇士则性命难保。

有天赋的人不培养成不了大器,优质种子不浇水难以成长。

人们的良心是不打盹儿的哨兵。

有一个人坐在树荫下乘凉,几只蜘蛛说:

"我们的丝像月亮光线一样晶莹。"

乘凉者抬起头,说:"真遗憾,我是个盲人,看不见。"

祝愿犹如桥梁，等待好像车站，希望犹如船和帆；诽谤像锯子，恐惧似地震，嫉妒如细菌。

有些人像火，距离适当给你温暖，靠得太近则会烧着你。

不自重的人，难以受到别人的尊重。

应邀为别人的婚礼演唱的女歌手，可能忘记了新娘的名字和新郎的面孔，但她绝不会数错钱。

虚伪的恭敬和虚假的爱情就像纸船，经不起风吹雨打，更不能破浪前进，驶向理想的彼岸。

她为小儿子穿上一双美观的真皮皮鞋，心里感到格外自豪。她拉着他的小手，说："走一步，再走一步，好！漂亮极了！"

可是儿童并不快乐，因为他的脚趾顶着鞋尖，夹得生痛，很快开始发肿。于是他直截了当地对母亲说："妈妈，鞋子太小了，穿着不舒服，还不如让我光着脚走。"

在这个五彩缤纷的世界上，几乎所有一切包括金子、钻石、玛瑙等昂贵的东西都可以买卖、赠送，但比这一切更宝贵的是时间，它既不能买卖，亦不可赠送。

生　活

我问木匠："你怎样看待生活？"他回答说："在我的眼里，

生活仿佛是一把锯子。锯子断了,生活就完了。"我问纺织工:"你如何看待生活?"他回答说:"依我看,生活就像一块布。布破了,日子走到了尽头。"我又向从事不同职业的人问同一个问题,铁匠回答说:"铁生锈了。"我问卖花人,他回答说:"花枯萎了。"我问水果商,他回答说:"水果熟了,进了人们的肚子,或者腐烂了。"我问玻璃工,他回答说:"玻璃碎了。"我问建筑工,他回答说:"墙出现裂缝,坍塌了。"我问民歌手,他回答说:"生活犹如一首民歌,我寻找甜美的民歌,却没有找着。"我问水手,他回答说:"生活就像一座遥远的岛屿,我的小船尚未到达那里。"我问旅行者,他回答说:"生活宛如一座我十分向往却难以进入的城市,我梦中的城市还没有出现在地图上。"我问诗人,他回答说:"生活是一首韵律不齐的诗,我完不成奇妙的诗句,生活是我梦中的歌。"我问音乐家,他回答说:"生活是断了的琴弦,丢失的乐曲。"我问作家,他回答说:"生活是我无法描绘的一个主题。"我问哲学家,他说:"让我静一静,我感到茫然。因为生活是一个我绝对找不到答案的问题,它犹如一个谜,我不知道解开它的钥匙在哪里。"我问舞蹈家,他回答说:"生活就像不能让舞蹈家吃饱饭的线和圈。"我问歌手,他感叹地说:"唉,生活使听众尽情享受,而以歌手神经高度紧张为代价。"我问饥饿的穷人,他回答说:"生活是一张诱人的餐桌。"我问作战的士兵,他斩钉截铁地回答说:"生活就是砸碎敌人的脑袋。"我问恋人,他回答说:

“生活就是约会、见面、送别、分离。”我问怀抱婴儿的母亲：“什么是生活？”她回答说：“生活是我儿子的微笑和牙牙学语，生活反映在他的目光里，我儿子的目光表明生活存在。”我询问自己：“我明白‘存在’的含义了吗？生活究竟是什么？”我问她：“你怎样看待这些回答？”她回答说：“我说不准。我怎么可能了解只有造物主才洞悉的秘密。”我认为，所有这些回答都是真诚的，他们从不同的角度表达了自己对生活的看法。

李荣建 译

论生与死[1]

〔英国〕史蒂文森

死亡造成的变化本身是那么剧烈而具有决定性，同时这些变化的后果是那么可怕又令人沮丧，在一个人的经验中绝无仅有，在世间无与伦比。它胜过一切其他事故，因为它是其中最后一次。有时候它猛然扑向它的牺牲品，像一个暴徒一样；有时候它进行有规律的围攻，可以在几十年内逐步爬上它们要攻下的城堡。完事之后，在别人的生活中造成断肠伤心的痛苦，许多附属的情谊赖以维系在一起的弦轴毁坏了。空空的椅子，孤独的散步，长夜的孤眠。再说，死亡夺去我们的朋友后

---

[1] 作品原题为《三重铜甲》。“三重铜甲”典出古罗马诗人贺拉斯的诗句，大意为：“用橡木和三重黄铜像铠甲似的把心胸加以保护，他是驾着一叶扁舟在汹涌的海上出没的头一个人。”三重铜甲转意为大胆无畏地(生活)。作者一生为结核病所困扰，受死亡阴影笼罩，故有感而发。

并不完全把他们带走，而遗留下嘲弄意味，悲剧性质，和很快便难以忍受的影响，不得不匆匆加以掩盖。由此，整整一章形形色色的情景与风俗浮现在脑海里，从埃及的金字塔到中世纪欧洲的绞架和柏树[1]。最穷的人走向坟墓时也有一点排场；最不值得纪念的人墓上也竖起了纪念碑；为了对我们往日的爱情和友谊的余晖表示一点尊重，我们必须用既阴森又荒唐可笑的仪式伴随它，雇来的丧事承办人在大门口神气活现地走来走去。所有这一切，还有更多这类事情，伴随诗人滔滔不绝的挽歌，使人类在谬误的路上走得更远；不，在许多哲学学说中都包含了这一错误并用所有可能的逻辑形式规定下来，尽管在实际生活中忙乱和匆促几乎不容许人们有时间思考，也就没有给他们留下充裕的时间在实践上犯危险的错误。

事实上，虽然人们低声谈论起来没有什么事情比死亡的前景更可怕，然而在健康的情况下却也没有什么比死对行为更少影响。我们都听说在南美许多城市建筑在火山一侧，甚至在这种大面积的居住区内，居民们对严重的死亡条件毫不在乎，犹如在英国最葱翠的角落造花园，他们照样唱小夜曲，吃晚餐，在爱神树下大搞风流韵事；同时大地在脚下震动，大山的脏腑在怒吼，任何时候刚才还充满生气的废墟可能会飞向天上的月光，把人翻倒，让他和他的寻欢作乐通通化为尘土。在幼小的儿童和非常阴郁的老人看来，在这样一幅图画

[1]柏树为欧洲人植于墓前的树，这里亦可指中世纪用来把人吊死的树。

中有某种难以名状的不顾一切、胆大妄为的意味。似乎难以理解的是，可敬的已婚的人们，打着阳伞，竟然在远离火山的地方有胃口吃一点晚餐；平常的生活如果在如此接近一场灾难的情况下进行，那就开始冒出一股一意孤行的腐化气息，甚至干酪和沙拉在这种情况下，若没有一点类似不把造物主放在眼里的意味，吃起来简直不香。这样的地方对任何人都不适宜居住，除开终日在祈祷和节食中生活的隐士，或永远泡在狂欢滥饮中的天生的浪荡鬼。

然而，当我们平心静气地想一想时，这些南美公民的情况对普通人类的状态来说只不过是小巫见大巫了。这个世界在拥挤的空间里盲目快速地运行，在其他朝相反方向盲目快速运行的一百万个世界中间，很可能受到一击而像一个不值钱的小爆仗一样爆炸。从生理学上去看，人体及其全部器官又何尝不仅仅是一挂小爆仗呢？这些爆仗中最小的对整个人体组织的危险犹如船舶的火药仓库对一艘船的危险一样；我们呼吸的每一口气，我们吃的每一顿饭，都使这些器官的其中之一处于更大危险之中。假如我们像某些哲学家试图要我们去做的那样紧紧抓住生命的抽象观念不放，或者如他们肯定的那样吓得半死，因为毁灭性的突发随时可能发生，那么当号角吹响时，没有人愿意跟着他们去战斗——那开航的信号旗可能在桅冠飘扬，但谁会登上驶向远洋的轮船呢？想一想（如果这些哲学家是对的）我们该以什么精神准备去面对餐桌上的每天的危险：一个比历史上任何战场都更要命的地方，我们的绝大多数的祖先把他们的骨头悲惨地留在那里了！既然人生比狂暴的大海还要危险得多，什么女人会受到诱惑去结婚呢？人年纪老了又该如何呢？因为在一定的路程之后，我们在生活中每走一步都发现脚底下的冰层变得愈来愈薄，我们看到周围和后面的同时代人都在经历这个过程。一个人过了古稀之年还活着简直是奇迹；如果他把一身老骨头放在床上过一宿，完全有可能再也见不到下一个白天。事实上，老头儿不放心吗？嗨，没有的事。他们再快活不过；他们在晚上照样喝掺了水的烈酒，讲顶粗鄙的故事；他们听说跟他们年龄差不多的人，甚至年轻一些的人去世，不拿这种消息当作可怕的警告，而是因为自己比别人长寿觉得有一种天真烂漫的快乐；假如一阵风吹来可能把他们像一支摇曳的残烛那样吹灭，或稍为失足一踩把他们像玻璃一样踏碎，他们的心并不会害怕而是保持健康，继续生活下去，不断发出笑声。跟人所经历的岁月风霜相比，巴拉克拉瓦的山谷❶是像英国乡间星期天打板球的草地一样平安。不妨公平地问一问，是库尔提乌斯投入深渊❷，还是任何一位九十岁的老先生脱

❶巴拉克拉瓦为俄国克里米亚半岛上地名，1854年克里米亚战争时英俄双方曾在此激战。

❷库尔提乌斯为公元前4世纪罗马传说中的勇士。罗马地震后发生地裂，预言家宣称唯有英雄人物投入裂口方能使裂缝弥合，库尔提乌斯乃挺身而出使预言实现。

衣上床，哪一方是更为勇敢的壮举呢？

确实，这是一个可供考虑的值得注意的问题，人类是以什么无忧无虑、欢乐为怀的心情沿着死荫的幽谷[1]前进的呢？整个路程是一片布满陷阱的荒野，它的终点，对那些害怕最后一压的人，是不可挽回的完全毁灭。然而我们像一阵旋风似的通过它，好像是一个前往德尔比[2]去赛马的一群。也许读者还能记得那被神化的卡里古拉[3]吧，他的乖僻的策划之一是鼓励一大群欢庆节日的人走上巴亚湾[4]上的桥梁，当他们正处于狂欢高潮时，他放手让他的禁卫军把那些人扔到海里去。这是大自然对待生命短暂的人类的一个挺好的缩影。只不过是一次多么变化无常的野餐，即使在它进行的时候也是！到头来上帝苍白的禁卫军把我们投入什么样的大海啊，那是没有一个游泳者游过去的！

我们的一生犹如火柴的一闪；在我啪的一声打开姜汁啤酒塞时地震可以一下子把我们吞没；我们竟然那么重视姜汁啤酒而那么不重视地震；这难道不奇怪，不相称，拿人类言语最高的意义表示，不是简直不可思议吗？乐生恶死这个成语我们愈是加以思考就愈难以理解。一个众所周知的事实是假如人们把帆脚索掌握在自己的手里而不是把它拴住，那么大

---

❶典出《圣经·旧约·诗篇》第二十三首，第四节指人弥留时的痛苦时刻。
❷德尔比：英格兰地名，赛马中心。
❸卡里古拉（12—41）：罗马皇帝。
❹巴亚湾：意大利那不勒斯港的海湾，罗马时代为避暑地。

部分翻船的事故就不会发生；可是，除非某个严格执行操作规程的职业水手，或是惊慌失措的新水手，凡上帝的生灵都把它拴住。这真是面对死亡时人的漫不经心和肆无忌惮的大胆的一个怪例。

我们由于一些形而上学的词语而把自己搞得狼狈不堪，我们把这类词语堂而皇之而又不恰当地引进到日常的谈话中。我们对死亡究竟是什么并不理解，除开它的种种条件和它对别人产生的某些后果；虽然我们有某种生活经验，但没有一个活在世上的人深入到高高的抽象的境界而对“生命”这个词说出个所以然。全部文学，从《约伯记》[1]与莪默·伽扬[2]至托马斯·卡莱尔和华尔特·惠特曼，不过是试图用开阔的眼界看待人类的情况，以便把我们从纯粹考虑生存提高到界定生命含义的水平。我们的圣人贤人，当他们说它不过是一个泡影，一场戏，或浮生若梦时，他们是在力所能及的范围内让我们尽量满意。哲学，在它更严谨的意义上，从事同一工作已经很久远了。在数不清的学者对这个问题摇唇鼓舌，一批一批的词句层层堆集为没完没了、晦涩枯燥的书卷之后，哲学有幸把它对这一题目的贡献不亢不卑地摆在我们面前，结论是生命为“感觉之持续的可能性”。真的，一个挺不错的结果。

---

❶《约伯记》是《圣经·旧约》的一卷，记中的人物义人约伯，人生中虽历尽各种苦难但对上帝的信仰仍坚定不移。

❷莪默·伽扬（1048—1122）：波斯天文学家与诗人，代表作为《四行诗集》，咏叹生死之谜。

一个人蛮有理由喜欢牛肉，或打猎，或某个女人；但是肯定地，确实地，不会喜欢"感觉之持续的可能性"！他也许害怕悬崖绝壁，牙科医生，拿着大棒的魁梧高大的敌人，甚至办丧事的人，但肯定不怕抽象的死亡。我们可以拿生命这个词的一打意义开玩笑直到厌倦为止；我可以根据世界上所有的各派哲学进行辩论！但有一个事实是始终一贯确实的——在我们苦心考虑如何保护生命这个意义上，我们并不是爱生命；恰当地说，我们爱的不是生命而是生活。深入探讨那最不经心的人的观点，它总是掺有某种程度的天意；没有哪个人的眼睛完全盯着流逝的光阴；虽然我们期望有健康的身体，晴朗的天气，美酒，积极的工作，爱情，自我的嘉许，这一切的总和并不等于生命的全部可能性和问题的总览；也不意味那些最强烈地珍惜它们的人对个人的安全就一丝不苟。对威胁我们的生存的意外事故深感兴趣，对人生经验的斑驳纹理十分喜爱，反倒使人不顾危险，宁肯为了不足道的小事而冒丧命的危险。一个用绳子越过天险的阿尔卑斯山的登山者，或兴高采烈地骑着马想跨越栅栏的猎人比起一个靠节食活着，或为了增强体质而有限度地散步的人肯定更热爱生活。

关于这个问题的正反两方面的议论都出现大量荒唐的废话：喋喋不休的牧师们，把生命仅仅压缩为一次葬礼，短得简直不体面；可悲的没有信仰的人则向往坟墓，还嫌它太遥远。可是在把椅子拉过去吃饭时两方面难免要为自身的所作所为感到一点点惭愧。老实说,一顿可口的饭和一瓶美酒是对这个问题上的高谈阔论的最好回答。倘若一个人从内心喜欢珍馐美味,他就会把大量似是而非的论辩忘掉,飞升到一种静观的美妙境界。死神也许在敲门,像一尊死神的雕像;我们手头有别的事要做,感谢上帝,让他接着敲门吧。丧钟在全世界敲响着。在全世界,每个时辰,都有人与他们的伤痛和欢乐告别。陷阱也为我们设好了。但是我们是如此热爱生活,我们根本没有余暇考虑死亡的可怕。生命,它自始至终对我们是一次蜜月,而且还不长。因此如果我们把全部心意奉献给这位光艳照人的新娘,送给我们的口腹之欲,送给我们的荣誉,送给我们的如饥似渴的好奇心,大自然中悦目怡情的美景,以及我们自己灵活的身体引以为自豪的部位,那也无可厚非。

我们所有的人都赞赏感觉;不过说到持续的可能性之类的问题,人等到考虑这个问题时已经秃顶,知觉已迟钝。不论我们是把生命看成一条小巷,它导向一方无路可通的墙——或者如法国人所谓的袋底——还是当作一个前厅或健身房,在那里等待轮到我们的机会,为不凡的命运准备一试我们的身手;也不论我们是在讲台上大声疾呼,还是为小小的无神论诗集的简短空洞的内容感动得啜泣;不论我们期待长年的健康,精力旺盛,还是很快坐上轮椅,再走一步就上灵车;在所有这些情况下都只有一个可能的结论:即应该对使意志麻痹的恐怖,充耳不闻,一心一意地把摆在他面前的赛跑一跑到底。没有人比我们尊敬的词典编纂者[1]对死亡的想法更加悲伤而害怕，吓得退缩，可是我们知道它对他的行为影响多么小，他走起路来是多么睿智洒脱，他谈起人生来用的是多么新鲜活泼的腔调。尽管已是一位老人，他还敢于冒险做高原旅游；他的心胸裹以三重铜甲，面对二十七杯茶他一点也不畏缩。这是因为勇敢和智慧是最值得一个有教养的好人培植的两种品质，因为智慧首先表现在认识到我们生活中的危险，而勇敢则首先是不在危险的事实面前局促不安。坦诚而有几分莽撞的举止，不过分焦虑地朝前看，也不对过去伤感地懊悔不已，这标志一个人对世事有了充分的应付准备。

不仅仅为自己穿好盔甲，而且还是好朋友和好公民。我们有棘手的交易不去找懦夫；没有什么事情像仓皇失措那么令人痛苦；一个对自己考虑最少的人，有最多的时间替别人打算。那个穿着马口铁鞋在外面行走、完全靠温牛奶活着的著名的炼金术士，为了周密对付自己的消化问题，把他所有的工作都中断了。假如谨慎小心一旦在头脑里产生，像一个阴湿的蘑菇，很快它就会使一切慷慨之心瘫痪。可怜虫在精神上开始畏缩；他向往室内恒温的客厅，按马口铁鞋和温牛奶的原则奉行他的道德。对他这一个重要的肉体和灵魂的向往变得如此全神贯注，外界的一切声音到了这个恒温的客厅都模糊低弱下去；马口铁鞋不论遇到的是血还是雨同样在上

[1] 指萨缪尔·约翰逊。

面平静地走过去。还有一个方式是僵化，奉劝人们小心翼翼的人最后以站在原地不动完事。那感情外露、头脑机敏的人，把人生看成漂亮有用的东西和欢快的冒险；对世界有非常不同的认识，他保持他的脉搏准确而快速地跳动，一边跑一边鼓动，如果他的目标不是一堆野火的话，他可能起飞而最后成为一颗明星。愿上帝照看他的健康，关心他的灵魂，他说；而他自己却掌握着形势的关键，奋力克服危险，奔向他的目标。死亡从四面八方把炮口对准他，如同从四面八方包围我们所有的人；他的周边全是使人感到意外的不幸，紧闭嘴的亲友们在他经过的路上对他摊开双手表示无可奈何、不以为然。所有这一切有什么叫他在乎的呢？作为一个真正热爱生活的人，内心具有某种自发的动力，他像别的任何一个军人，在任何激动人心的殊死战斗中一样，非奋勇前进不可，不达目标不止。"要么获得爵位，要么进入西敏寺[1]！"纳尔逊[2]以他磊落天真的英雄气概喊道。这些都是伟大的刺激。不是为这样的刺激，而是为了获得明显满意的生活，在这样或那样的事业上满意，各国的勇敢和为国效劳的人物都是披荆斩棘，飞越谨小慎微的精神障碍而向前的。想一想约翰逊的英雄气概吧，他对编纂词典工作上的致命的限制采取不为所动的卓

[1]西敏寺为英国历史上替国家作出卓越贡献的名人的下葬地。这句话意思是为国家建立功勋以获得爵位或入葬西敏寺。

[2]霍拉修·纳尔逊(1758—1805)，英国海军统帅，以特拉法尔加战役击败拿破仑海军著名，被视为民族英雄。

绝态度，这一态度支持他胜利地到达终点！假如一个人，他对事事都精心考虑，又怎么会着手任何比半便士的明信片还重大的工作呢？在狄更斯与萨克雷皆中途失败后谁又会去策划一部连载小说呢？假如一个人老考虑死亡，他怎么会有足够的勇气开始生活呢？

毕竟，这些不得要领的论辩是多么令人遗憾和可怜！抛开生活在恒温的客厅中的一切问题吧——那不是明明等于死一百次，而且是拖延十年之久！好像活着就不会死，甚至没有免于死亡的可悲的问题！那不是明明死在那里而且还要成为自己的变化的旁观者！持续的可能性得到保存，但把感觉小心地保持在一定的距离之外，好像人在暗室内拿着照相底片。宁可像败家子一样丢失健康也比像吝啬鬼那样因为舍不得花而白白浪费它要好。活得痛快而寿终正寝总比每天在房间里死一次要好。尽管开始写你的书吧，即使医生只给你一年，即使他连给你一个月也犹豫不决，你要勇敢地加把劲，看看一星期能做出什么样的成就。我们不是仅仅对完成了的承诺表示敬意。有一种精神从实干家的身上发挥出来，超过过早的死亡而继续存在。所有全心全意打算要做出优良成绩来的人就做出了优良的成绩！虽然他们可能还没来得及写下他们的姓名就死去。每一颗曾经强健欢快地跳动过的心会在世界上留下富有希望的冲力，使人类传统的思想得到提高。即使死亡，像一个露天的陷阱，在人们事业的中途，夺去他们的生命，当时他们正在安排恢宏的计划，奠立宏伟的基础，为希望兴奋得脸红，说话充满豪言壮语，可是一下子被绊倒而从此沉默：在这样的结局里难道不是也有某种因勇敢而生气勃勃的东西吗？难道人从悬崖峭壁的边缘跳下去而飞溅起成团的泡沫比在多沙的三角洲上可悲地彷徨，不是活得更体面吗？希腊人说得好，凡神所喜爱的人都英年早逝，我禁不住相信他们心目中的死也是这种死。他们心目中的就是英年早逝。死亡还没有来得及拿走他心中的幻想。在生命的盛年，踮起脚尖站在最高点，他纵身一跳就到了对岸。锤子和凿子的声音几乎还没有减弱，喇叭几乎还没有停吹，朝霞还在他的后面，这时，这个幸运的、血气方刚的灵魂一下子就飞升到了天国。

林荇　译

生命力

〔英国〕毛姆

生命力是非常活跃的。生命力带来的欢愉可以抵消人们面临的一切艰难困苦。它使生活值得过，因为它在人的内部起作用，用它本身的辉煌火焰向每个人的处境放射光明，所以无论怎样难以忍受，还会觉得忍受得了。悲观主义的产生往往是由于你设身处地想象别人的感受。这就是小说所以那么不真实的多种因素之一。小说家用他的私人小天地作素材，创造出一个公众的世界，把他自己持有的敏感性、思维能力和感情力量加在他想象的人物身上。大多数人不大有想象力，他们感受不到富于想象力的人觉得无法忍受的坎坷境遇。

以私生活不受干扰为例，极贫困的人习以为常，根本不以为意，而我们对此非常重视，最怕私生活受到干扰。他们嫌恶独处，和大伙在一起使他们感到踏实。每一个跟他们居住在一起的人都会注意到，他们不大妒羡富裕的人。事实是，我们认为必不可少的东西，有许多他们并不需要。这是富裕的人的运气。因为除非是瞎子，谁都可以看到，大城市里的无产阶级全都生活在何等的苦难和纷扰之中。多少人没有工作做，工作又是那么沉闷，他们，他们的妻子儿女，都生活在饥饿的边缘，前途是望不到头的贫穷。如果只有革命才能改变这个局面，那么让革命早日来到吧。

当我们看到，即使在今天，我们习惯于称为文明国家的社会里，人与人之间的关系是那么残酷无情，真不能轻易断言他们的生活比过去好，不过，尽管如此，我们还不妨认为这个世界总的说来比历史上过去的世界是好了些，大多数人的命运虽然不好，总不像过去那样可悲可怕；我们有理由可以希望，随着知识的增长，许多残酷的迷信和腐朽习俗的废弃，代之以生气勃勃的博爱精神，人们深受其苦的好多邪恶将被消除。然而还有许多邪恶势必继续存在。

我们是大自然的玩物。地震将继续造成惨重灾害，干旱将使谷物枯萎，突然而来的洪水将摧毁人们精心建造的建筑物。唉，人类的愚蠢还将继续发动战争蹂躏彼此的国土，不能适应生活的婴儿还将继续出生，结果生活将成为他们的沉重负担。世界上的人只要有强弱之分，弱者总将被强者逼得走投无路。除非人们摆脱得掉私有观念的符咒——那我想是永远不可能的——他们总将从无力守卫的人的手里攫夺他的所有物。只要人们自我完成的本能存在一天，他们就不惜牺牲别人的幸福，恣意发挥自己的这种本能。总而言之，只要人是人，他必须准备面对他所能忍受的一切邪恶和祸患。

恶的存在，无从解释。它只能看作是宇宙秩序不可缺少的一部分。无视它是幼稚的，悲叹也是徒然。斯宾诺莎说哀怜是女子气的，这个形容词出于这位温文严肃的思想家之口含有叱责的意味。我想他的意思是说，对你没法改变的事情痛心疾首，只是白费感情而已。

我不是悲观主义者。的确，我若抱悲观主义，那是荒谬的，因为我是一个幸运儿。我常对我的好运气感到奇怪。我明明知道，有许多应该比我更交运的人，却没有享受到我享受的幸福。这儿一个偶然的情况，那儿一个偶然的情况，都可能使一切全变了样，使我遭受失败，一如那么许多才能和我不相上下或者胜过于我的人，机会相等而遭受失败。他们中间倘有碰巧看到这几页书的，我请他们相信，我并不妄自尊大、把我所得到的一切归功于我的成就；我认为那是由于我无法解释的各种意想不到的情况凑合在一起所促成的结果。

我虽有生理和智力方面的某些缺陷[1]，我还是热爱生活。我不想我的一生重复一次，那没有意思。我也不愿重新从头经受一次我所遭受过的剧烈痛苦。我对痛苦的感受比我对生

---

❶指他的口吃。

活中的欢乐的感受强烈，这是我性格上的一个错误。但要是没有我生理上的缺陷，有个强壮的身体和健全的头脑，我并不反对再到这个世界上来重新做一世人。

现在展现在我们面前的年代看来将是颇饶趣味的。现在的年轻人带着诸多有利条件进入社会生活，那些条件是我那一代的年轻人所无从具备的。他们受到陈旧风尚的束缚比我们少，他们懂得了青春是何等可贵。我二十几岁时的世界是个中年世界，青年时期最好尽快过去，但求早日到达壮年。今天的小伙子和姑娘们，至少在我所归属的那个中产阶级里，我看要比我们当时的条件好得多。他们的教育使他们懂得许多对他们有用的东西，而我们得尽量自己去零零星星地学习。两性关系也比较正常了。青年女性现在懂得怎样去做青年男子的伴侣。

我的那一代，看到了妇女解放的一代，所面临的多种困难之一，就是妇女不再是过去的家庭主妇和贤妻良母，她们过着离开了男人的生活，有她们自己的兴趣和特殊关心的问题，虽然没有能力，却竭力要参与男子的事务。她们要求在她们甘愿承认低于男子时所应得的照顾，同时又坚持她们的权利、新争取来的权利，要求参加男性的一切活动，然而所知有限，结果是成事不足，败事有余，徒然叫人摇头。她们不再是家庭主妇，却又没有学会如何做个好伙伴。所以在上了点年纪的绅士眼睛里，没有比看到今天的年轻姑娘更心旷神怡的了，这些姑娘那么能干、那么自信，她们既能管理一个办公室，又能打一场精彩的网球，她们头脑清醒地关心公共事务，能够欣赏艺术，具备自食其力的条件，用冷静、精明、宽容的目光正视生活。

我绝不以预言家自居，不过我想现在存身在社会上的这些青年人显然一定期望经济上的变革，以改造人类文明。他们不会知道那种安逸的有保障的生活，它使那些在战前❶正是壮年的人们缅怀旧时，正如经历了法国大革命的人们回忆旧制度❷的时期一样。这些青年不会知道生活的甜蜜❸。我们现在生活在大革命的前夜❹。我深信无产阶级越来越意识到自己的权利，最终将接连在一个个国家夺取政权。我总觉得奇怪，怎么今天的统治阶级尽是对着这压倒的巨大力量进行着徒然的挣扎，而不想一切办法训练大众❺，使他们适应未来的艰难工作，使他们一旦财产被剥夺之后，命运可以不像当时俄国人所遭遇的那样悲惨。若干年前，迪斯累里❻曾经告诉过他们该怎么办。

至于我，我该坦白地说，我希望目前的局面能够维持到

---

❶本文作于1936—1937年间，此处“战前”指第一次世界大战前。
❷旧制度，指法国1789年大革命前的政治制度和社会制度。
❸生活的甜蜜，原文为法语。
❹毛姆说这话是在1937年前后。
❺这里的“大众”指资本主义社会中的有产阶级。
❻迪斯累里，英国政治家和作家，曾任英国首相。

我去世。但我们是生活在一个急剧变化的时代，我或许还能看到一些西方的国家将处于共产主义统治之下。我认识一个流亡的俄国人，他告诉我，他才失去他的庄园和财产时，悲痛欲绝，可是过了半个月他就平定下来，从此不再去想他丧失了什么了。我想我对我所有的各种财物都不是爱之如命的，故而失去了不会长久痛惜不置的。如果这个情况来到我的世界里，我会努力使自己适应环境，再说，如果我觉得生活实在无法忍受，我想我并不缺乏勇气离开这个我已经不能再随心所欲的舞台。

我不懂为什么有那么多人极端厌恶自杀的念头。谁说自杀是怯懦，那是胡扯。一个人到活着只有痛苦和不幸，而凭自己的意志结束了生命，我对这样的人实在难以厚非。普林尼[1]不是说过吗，你有权随意死亡，这是上帝在人生的一切苦难中给予人的最好的恩赐。撇开那些认为自杀是触犯神的律法的，因而认为自杀是有罪的人，我想它激起那么多人愤慨的原因大概是在于它无视生命力，悍然不顾人类最强烈的本能，惊人地怀疑起它延续人类生存的力量来。

我写了这本书，将足以完成了我给自己制订的生活型式的基本格局。我若活下去，我还将写些另外的书聊以自娱，同时也希望给读者带来欢娱，不过我想它们将不会给我的图样有什么重要的增添。房屋已经建成，可能还将有些零星的点

❶普林尼，(Pliny，62？—113)，古罗马作家。

缀，比如再造一个平台，以眺望面前美丽的景色，或者搭建个把凉亭，好在炎热的夏天坐在那里沉思默想；但是假如死神不让我添加，这房屋终是建成了，虽然可能我的名字一出现在讣告上面，拆房子的人会立即动手把它拆掉。

展望老年，我并不感到沮丧。阿拉伯的劳伦斯❶殒命时，我在报刊上读到他朋友写的一篇悼念文章，说他有个习惯，喜欢超速驾驶摩托车，存心要在他精力十足的时候让车祸结束他的生命，免得他蒙受老年的羞辱。如果此话当真，那么这是那位奇异的多少有些戏剧性的人物的一大弱点，这说明他缺乏理智。

原来完整的人生，完整无缺的人生的型式是包括青年、壮年，也包括老年的。早晨的清丽和中午的辉煌是美好的，但如果你拉下窗帘，开上电灯，为的是要挡开黄昏宁静的景色，那你准是个愚不可及的人。老年有它的乐趣，虽与青年的乐趣不同，却并不逊色。哲学家们一直对我们说，我们是情欲的奴隶；我们能摆脱情欲的枷锁，难道是不足挂齿的小事情吗？蠢人的老年会是愚蠢的，可是他的青春也然。年轻人把老年视为畏途，因为他们以为到了那个时候，他还会渴求使他青春生活丰富多彩和生气勃勃的那些玩意儿。他错了。的确，老年人没有本事再攀登高山，或者抱着个漂亮姑娘在床上翻

---

❶阿拉伯的劳伦斯(Lawrence of Arabia，即Thomas Edward Lawrence，后改姓haw,1888—1935)，英国军人、考古学家、作家。

滚;的确他再也引不起别人的性欲。然而能够免于情场失意的痛苦和醋心的煎熬,这可是颇关重要的。那经常毒害青春的嫉妒情绪,将因欲望的衰退而弛缓,这也是颇关重要的。

不过这些都是消极的补偿;老年也有积极的补偿。也许听来似是而非,人到了老年有更多的时间。我年轻时候读到普罗塔克说老卡托[1]八十岁开始学希腊文,不胜惊奇。我现在不再惊奇了。老年人不怕担当青年人望而却步的艰难任务,青年人怕需要花太长的时间。到了老年,鉴赏力也提高了,可以排除青年时代妨碍判断力的个人偏见,更好地欣赏艺术和文学。老年有它自己的完事大吉的满足。它从人的自我主义的桎梏中解放出来;终于灵魂获得自由,在流逝的光阴中逍遥自在,却不求时光停留下来。它已经完成了人生的型式。

歌德曾经要求死后再生,以体现他觉得一生中尚有某些方面未及充分发挥。然而他不是说过,谁想完成什么,必须学会给自己限制个范围吗?你读他的传记时,自会看到他有多少时间浪费在琐屑的工作之中。也许如果他更注意限制自己的话,早已发挥了真正属于他特殊个性的全部才华,无须俟诸来世。

俞亢咏　译

[1]老卡托,一译大加图(The eider cato,公元前254—公元前149)。古罗马政治家和作家。

生 命

〔日本〕森田玉

郁金香开了。

去年秋，有人送了一颗出口用的品种，种植晚了，到了五月才好容易开花。现在开的只有白色，花瓣蜷缩着，不如普通郁金香那样鲜艳。饱满浑圆的花形，看上去像纸扎的女娃娃的脸。花瓣绽开时如百合，散落时像文珠兰。此外还有绯红和浓紫两个品种，都长着很小的花蕾。浓紫就是所谓黑郁金香，花期要晚些。

得到这颗球根时，我正长期卧床不起，还不知哪一天能够起来走动。我盼望春天的到来，郁金香开了，我叫家人摆到床边的窗户下面，我在文章里写道，我要欣赏花的生命和我自己的生命。

在铺席大的小屋的东侧，盖了耳房，将床搬进去，打开窗户，一边躺着，一边眺望窗外。高渺清澄的秋空每天都有成群的候鸟飞过。有飞机飞过。直升机的声音就像穿着木屐咔嗒咔嗒在火车站台上跑过。接着飘然出现的是张开水平羽翅的黑色老鹰。文明的利器通过之后，老鹰又如往昔一般悠悠盘旋。

冬来了。邻家的墙边几棵高耸的大桐树落光了叶子，天空一下子宽阔了。晴天，一望无垠，阴天，北风呼啸摇动着光秃的树枝。清瘦的寒月挂在天上，放射着锐利的光芒。天寒地冻。令人窒闷的几周过去了，小院的红梅开出了第一朵花。

梅花开放之后，下了几次雪，泥土和空气都和缓了，冬已经远去了。*National Reader*❶的第一页这样写着："冬和冰一起消融了。"松软的泥土里长出了草芽，眼看着长高了。茶花开了。马醉木花开了。有时候，邻家的樱花随风飘满了地面。满天星的嫩芽呈现出爽净的嫩绿。山杜鹃花点缀着鲜艳的朱红。这时，郁金香也好容易开放了。我也还活着。

本来墙边的桐树，落光了叶子，树枝也像木桩一样，如今不知何时又是一树新叶，在朝阳中摇曳。一切都在活着。天和地都充满了生机。

一直被疾病钉在床上的我，看着窗外不断变化的风景，朝朝夕夕考虑的是生命的不可思议。是十一二岁的时候吧，

❶旧制中学的英语教科书。

新派剧[1]到故乡札幌演出过。每年暑假，歌舞伎剧团也照例来。那一年新派剧倒是难得一见，并不是河合、喜多村这样的名角，但是却由相当知名的旦角木村操扮演《不如归》[2]中的浪子。

在逗子海岸离别的那场戏中，丈夫武男探望因患肺病而疗养的浪子。作为海军中尉的武男他必须马上归队。浪子披着白色的披肩到海岸送武男。眼看就要分别了，浪子牵着武男的手说道：

> 人为什么要死？我要活，我要活，我要活一千年，一万年！

病中的浪子没有生的保障，出征的武男也不知能否生还。这样的台词震动着我幼小的心灵。浪子还说："我死了也是你的妻子。"我反复背诵这两段台词，在没有人的屋子里突然朗诵出来，每次我都流下了眼泪。真是莫名其妙的伤悲。随着长大起来，我反复思考有关人的爱情和人的生命这类问题，实际上皆来自新派悲剧这两段台词的影响。

人为什么会死？……不光人，一切有生命的东西，正如佛御前[3]所吟咏的："秋来万物凋。"鸟兽草木，荣荣枯枯的野

[1]明治中期以后对抗旧剧而新兴的戏剧。
[2]根据德富芦花长篇小说改编的同名戏剧。
[3]古典小说《平家物语》中的女性，得幸于平氏，失宠后为尼，时年十七岁。

草，也要枯萎。一切生物都是为了死才生存着的。这样说毫不夸张，而且，就像枯草还会萌发一样，生命这东西是没有终止符的，由过去向未来永无止境地流动。我死了人类还会继续生存。

置身于这种生命的长河之中，我自己想活上千年万年，这是我们的愿望。每个人都想活下去，但都注定要死。死后的世界谁也不知道会是什么样子。一种人人无法了解的不安使人更加留恋现在的生。

年轻时自己所苦恼的，不是人为何要死这一疑问，而是自己为何要生。说到底就是，一切注定要死的东西为什么要生呢？为了寻求这一答案，我上教堂，读亲鸾上人的书，在寺里接受“否定依靠外力，自己的事自己做”的教导。但是，不管哪种宗教都不合我的心意。我下决心勇敢地向这种不明底细的人生挑战，就是说拼上一死，用我自己的意志抹杀自己。

然而，尽管如此，我又复生了。我的意志行不通。这使我明白了，人并非通过自己的力量一切都能如愿以偿的。既然生下来，就得老老实实活过这一生。不管多么苛酷的道路都无法拒绝。都说现在的社会自由平等，然而活在世上的人千差万别。有的生在王侯贵族之家，有的生在明日乏粮之家；有的生得明媚艳丽，有的生得头脑明晰，有的与此相反；有的是白种人，有的是黑种人。

而且在这一生中，有的居心邪恶，有的富贵尊荣；有的家庭正直本分，但却累遭厄运。佛教对这种不合理解释为前世因缘。一切都是前世的造孽。——人世的实际情况使活着的人只能作如是想。世界充满矛盾，演奏着一曲叹息、悲伤、愤怒和喜悦的交响乐。花开花落，人生人死。但是，生命不会灭亡。

昨日午睡时，我做了一个意想不到的梦。梦见了十几年前于众人的悲惋中辞世的林芙美子。

梦中的林芙美子参加了大型马戏团，她不断上演走钢丝。一根细钢丝托着小巧的身材，她一边撑着阳伞一边走。钢丝摇晃着，她差一点儿踏空了脚。她拼命稳住脚回到了原来的位置。观众热烈拍手喝彩。不知为何，只有我一人从马戏团屋顶上窥伺林芙美子。啊，多危险！我为她捏一把汗。最后我想，只有这样才能博得观众的欢迎呢。于是，我悲从中来。

哭着哭着，我醒了。我心神恍惚，好大一阵子弄不清是梦境还是现实。我同林芙美子有个时期相处亲密，她常到我家来，两人一起到街上散过步。我俩到一块儿，总是她说，我基本上是个听众的角色。再没有像她这样谈笑风生的朋友了。过去没有，将来也不会有了。例如，我们一道去看锦纱图案展示会，她马上就一枚图案大谈起来：

“啊，怎么看都不像是锦纱花纹，是毛织品。那个琴套是乡下退役陆军大佐家八铺席客厅壁龛里悬挂的。弹琴的小姐是乡间少有的美人儿。年轻的书记官恋上了她，从菊花盛开的庭院前悄悄进来了。蓬松的发辫。碎花和服上的披肩雪白雪白的……”

立即就能写成一篇小说。她就是仰仗着自己才华横溢的一腔热情，一刻也不停息地写啊写啊，最后死于写作之中。当时有种说法，认为将她逼上死路的是新闻媒体的非难，其实不是这样。她自己有着三年的约稿协定，看来她想独占所有杂志和报纸的小说专栏而疲于奔命吧。如果她稍微爱惜点身体，也许还会活得长久些，人们都替她惋惜。不过可以说，她的死很符合她，是一种生命的完成。

突然意想不到地梦见了林芙美子，也许是潜在意识的表现吧。我自己碌碌无为活得这么久，因为这世界上还有些应该做的事，前年我出乎意料被选为参议院议员，就是其中之一。我既不信仰基督教也不信仰佛教，我很清楚地知道人的无能为力。还是从心所欲吧。——我是将自己的生命托付于某人而活着的，就像郁金香的花朵一样。

陈德文　译

生活之游戏(外一篇)

〔英国〕福斯特

啊,生活,你是什么?生活几乎从不回答这个问题。不过并非她沉默就算了事,因为中学校长们和其他一些善良者,非常适合为她回答。他们告诉我们,她是一种游戏。什么游戏? 台球?不,生活是严肃的,绝不如同台球,但却会是别的各种游戏……呃……不是仅仅靠机会的那种游戏;不是赌11点,而是象棋;或者和缓些说是桥牌;不错,更妙一点儿说是足球,它有目标,有开阔天地的氛围和它的精神气质;命运是裁判员,希望是球:奔跑于整个足球场,整个,整个。具有良好愿望的人就是这样一个劲儿地解说。一旦开始论说生活这个主题,他们就完全没有什么羞怯,因为对于他们,它属于伦理范畴。他们喜欢讨论我们必须该做什么, 而不是讨论我们必将会面临什么,

——大量讨论的是行为，而非那些从地面腾起或由天空降临的游荡幽灵。当他们说生活是一种游戏时，他们仅仅是指自己所欣赏的能够发展既定素质——如勇气——的游戏。

诚然，他们会使用恰当的说法。游戏有着一些奇妙的特征，在一种未知处于进展时，穿透现实的瞬间就会像一颗星辰一样突然间反射出来。法则的设想，以及总是包含一个起点和一个终点的习俗，创造出一个简单的小小宇宙，如同过去一样现实的宇宙对之降临一种赞成。相似的赞成也降临在艺术品上面。但是它们对我们的影响却不同。艺术品令人喜悦。它们使我们觉得自己也能成为艺术家。然而游戏却不同，当它变成真实时也就变得令人不安。一次胜利总是显得浅薄，失败反倒显得深奥，隐含着无限险恶。说实话，只靠机会的游戏必须排除在这一指责之外。它们已经摈弃了任何自由意愿的自负，进而它们的讥讽过于机械而不能为生活的游戏所承认：生活或许也只靠机会，但是她已经发展了引人注目的努力原则，并主张隐去她的无目的性，这样，所有映照她的影子的游戏必须同样才是。日让我们转向谈谈技艺游戏，首先说象棋。

我玩埃文思玩法[1]。

根据一位海军军官的发明，埃文思·格姆比特玩法以其流畅而著称。一着猛烈的进攻迅速从西南角开始，直攻黑方

[1]牺牲一卒以取得优势的起手法。

王和象的卒子。整个棋盘顿时展开厮杀。但是,很快在这一海军军官方法的表演中浮出了一具熟悉的尸体。这是我的。啊,我到底干了些什么,干了些什么?通常的事。轻率的进攻,随后又胆怯。天啊,我为什么不调出护城卒子?因为我总是受自己肤浅感觉的误导。不,并非总是。肯定是埃文思不适合我的风格。那么,我再玩老斯托基。

我玩起来。老斯托基下法一点儿也不流畅。他具有土地的气息。两侧各分走一列枯燥的马和象。它们之间有一块平地,卒子在那里像公羊一样撞来顶去。大地上的力量慢慢趋向冲突,随之伴着时而响起的单调的砰砰声而摇摇欲坠。可以设想这是一种凶杀。但是,当一片新风景从尘雾中显露轮廓时,呈现出来该是什么样熟悉的尸体呢?我自己的。啊,我到底在干些什么?通常的事。我的性格表现出来。如果我走下大海深处,那就是那儿;如果我寻找山峦心脏,也是在那儿。象棋完全排除意外,它是一间温室,性格的果实比在生活中能成熟得更为圆满。在生活中,我们总是能因为我们的失败而责怪那些不可知因素,要不朝着某处地平线挥挥手,要不对着某些星辰晃晃拳头。可是,在玩埃文思玩斯托基时,以及选择领带、在办公室里争吵、一次爱情诸方面,我们确实会犯同样的错误,同样的缺陷,当然该指责性格;正是为此,善良的人们匆匆提醒我们:我们永远负有全部责任。

既然生活包含两种成分:不可把握和我们设想能够把

握；既然机会的游戏充分体现前者，象棋充分体现后者——那么究竟哪一种游戏能妥帖地反映两者之间的平衡呢？

皮克牌[1]。

那些回答说是桥牌或者足球的人，谈到数不胜数的同伴和对手的因素。一种复杂性无法解释另一种，同时，尽管生活可能是桥牌，那也只是对真理的眼睛而言：相似性并不能为智性的努力所把握。然而，且稍稍想一想皮克牌。一开始它就毫不遮掩地、不可避免地表现出不公平。命运早已确定，不管牌技如何，也不管玩牌的规则、计分的办法如何，最大的企图无非是弥补一下不幸，或者给予受难者再来一次的新机会。先见性完全是别的方式。灾难是带来灾难的附加原因——在戴上鲁比孔河屠夫的桂冠时达到顶峰，在那里，遇难者的尸骨被胜利者收集起来，然后像木柴一样架上他的篝火。当然这一残暴的游戏也承认自由意志的因素。阻碍或者加速命运是可能的。玩，巧妙地玩，精神充沛地玩，每时每刻都在进展，尽管玩的人正在被超出他的控制力之外的力量推向灾难或胜利，然而，结果并不重要，这一游戏的趣味依然保留着。另外，在此之中，所有生者或者可能所有死者都被确定好，在同样的路线上奔跑。失败或成功，似乎由人们的运气分配给他们。但是，他们保持着逃避的力量，以此和他们的运气并肩作战或者与之相反抗，在整个宇宙间，唯一真正有意思的运动

[1]两人玩的一种纸牌。

就是这一逃避。啊生活，实际上就是皮克牌。一种残酷的娱乐。当然，她也可能就是高尔夫球。

1919年

历史的慰藉

从一间惧怕少校军官的办公室，换到一间可以恐吓将军的办公室，这颇为令人愉快，也许这就是为什么历史对我们中间的过于胆怯者特别具有吸引力。借冷落死者，我们得以恢复自信。将军和国王们一开始就受到我们轻微非难，而那些曾经统辖过法院和军营的“地位稍低的官员”，我们根本不予理睬，哪怕在实际生活中，这样的人完全是高矗在我们的社会地平线之上。那些伟人或者富翁，如果是我们同时代人，我们不可能去拜访，但现在靠一种幸运的安排，乌贾因[1]的宫殿和阿姆斯的仓库，对我们永远不再是秘密，从而，我们甚至可以粗暴地对待它们而不至于被驱赶。我们说乌贾因的国王奢侈，阿姆斯的商人肆无忌惮……还足以断定阿姆斯现在不过是一片荒漠，乌贾因也不过是一片丛林。难以认识到过去本身也曾是现实。两者予以替换后，过去的一个大人物今天可能正好是一个微不足道的小人物，无足轻重，仰赖他人，紧

[1]印度中西部城市。

张不安,纠缠于琐事,哪儿也不能去,任何事也改变不了,只是和低微者友好相处,只是面对死者时才感到自在;而处于高层的创造历史的人物和权威,会坚持他们的习惯时尚,发出无法理解的声音,或者陷入隐含不祥的静寂。"在我的房子里有钱……那里没有钱……没有房子。"这便是我们这类人对死亡所能知道的一切。奢侈的国王,肆无忌惮的商人——他们逃走,知道会被绞死。

假如现实的感觉暂时停息——在许多历史学家那里它总是沉睡着——那么,就不会有任何使人不满足不愉快的情绪了。往昔没有任何危险,社会的,道德的,都没有。一个人不仅可以完全悠闲自如地与一个个国王相见,还可以与那些几乎没有列在他的拜访者名单上的人相见。我们的意思是指高级妓女。想一想早已死去的妓女,得体而无伤大雅。一些像阿斯帕西亚这样的妓女,本身具备良好修养,离开这些总是令人过于害怕的妓女,一个人仍然可以毫不受责备地同她们的姐妹交谈。譬如,不会有人反对去回忆一下16世纪威加亚纳加的印度王国对妓女的安排。威加亚纳加的妓女们,美丽而富有——其中一个还留下了三万两千多镑的遗产。她们受到人们高度尊重,这似乎天经地义;她们一部分当仆人,一部分做厨师,还有500名属于军队的一个和平基地,"均是了不起的音乐家、舞蹈家、杂技演员,她们的表演非常精彩"。在战争中,妓女数量继续增加,的确,国王派遣全部妓女到前线去,认为这种安排足以使军队士气高涨。不错,这么多女人会妨碍他的战略,但是对手的军队也同样遇到妨碍,当士兵逃跑后,女人们安静地坐着,继续为胜利者而服务。我们面临的现实——步履蹒跚的长者和铁丝网——威胁着今天,人们赞成回眸过去那些迷人的尸体,低声咏唱我们预定要根除的状况。从牛津走来的紧绷绷的脸,从剑桥走来的鱼状的脸——我们这些人无法实现自己的梦。那么人生是温暖和恢宏的吗?威加亚纳加的政府在维持社会与性之间的平衡方面真正是成功的吗?——这是沃德夫人[1]从未达到的目的。我们不能告诉;我们只能肯定它在实施时谨慎而耀眼,它的绝大多数话题也不知道它会达到什么程度。许多虚构中的人拥进大院和兵营,分配给他们蹩脚的妓女,或者一个也轮不上——啊!正是因为这样,我的读者才可以要求拥有自己的家属。

尽管嬉戏往昔令人愉快,但更为愉快的是人们最终会回到道德。我们每个人的校长是清醒的,他们测试历史事件,并根据测试结果打分。不是所有分数都要打得糟糕。某些事件,如复兴运动[2],以活动而著称,而别的事件,如伊丽莎白女王的性格,则在长期发展中显示出来。许多事件也不能根据它们的外在现象来评分。为什么当听说无敌舰队驶近时,德雷克正在玩滚木球游戏就是对的,而当听说荷兰舰队已经进入

❶Humphry Ward 1851—1920,英国作家。
❷19世纪争取意大利统一的文化思想运动。

梅德韦河时,查理二世正在捕捉飞蛾就不对?答案是“因为德雷克获胜了”。为什么亚历山大大帝在军队濒临灭亡时把水倒掉就是正确的,而玛丽·安托瓦内特[1]说“给他们吃面包”反倒是错的?答案是“因为安托瓦内特被处死了”。为什么乔治·华盛顿不会撒谎就是正确的,而基尔[2]只会撒谎也是正确的?答案是同样的。对往昔,我们必须采取比对现实更为宽泛的观点,因为判断现实时我们永远不能断定随后会如何发展。作为一个基本原则,所有突然终结的事物,都应该打低分;举例来说,雅典的公元前四世纪,意大利的1492年,世界各地的1914年。一个匆匆往来的文明,必然应该衰微,那么,且让我们非难那些曾认为自己辉煌无比的时代,让我们证明它们的高兴只不过是起哄,它们的美妙不过是苍白的,笼罩着毁灭的预兆。另一方面,一个没有消亡的文明,如中国,必然是停滞的,那就该用另一标准来评分。一个人也不能赞成无政府主义。什么能幸存呢?啊,一个伟大的目标,漫长世纪间善的缓慢演变——一种比看上去还要缓慢的演变,因为一千年正如昨日,即可以这么说,基督教只是在上个星期三才形成的。如果这一争论不足取(不是我们自己的争论,而是伦敦主教的——他在圣诞布道中提到过),人们完全可以回到不可置疑的成功演变——一个人尽可不受干扰地坐在教授的席位

---

[1]1755—1793年法国路易十六的王后,后被绞死。
[2]Jael,不详。

给人打分。

嬉戏是愉快的，非难更为愉快。当然，最为愉快的莫过于怜悯，因为它结合了其他两者的快乐。怜悯死者，就因为他们是死者，这是在体验着一种极致的快乐，这与在教堂院落里眼睛涌出的热烈毫无二致。这种热烈对任何事情从不带有悲哀，一切被人们清楚了解和把握的事情，它也与之没有任何关联。它一半是感觉上的喜悦，一半是自我满足的虚荣。莎士比亚在对异想天开的阿曼多描述这样一种情感时，对此十分了解。他们一直在嘲笑赫克托耳[1]，阿曼多以显而易见的宽宏大量大声说："快乐的战士死去，化为腐朽；快乐地被掩埋，别敲打掩埋者的尸骨；当他还能呼吸时，曾是一个人。"这是他最为幸福的时刻；他从没有比现在更能确定自己还健在，或者他就是赫克托耳。在现实情感介入之前，我们能尽兴体验，正是一种幸福。怜悯如一片美妙的云彩，把研究过去的学生裹住，以永恒的青春洗濯他的肢体。"可爱的亡女，居然也有这样的头发。"而不是说："我感到心寒，感到变老了。"

人就这样清醒过来了。

1920年

李辉　译

[1]希腊神话中的人物。

生命力的发端

〔俄罗斯〕巴乌斯托夫斯基

有一回，左拉在同几个朋友聚会时指出，想象对于作家来说，是完全不需要的。作家写作只应当根据精确的观察，就像他左拉这样。

当时莫泊桑也在场，他问道：

“那么您常常根据报上的一条简讯就写出一大部长篇小说，而且一连好几个月足不出户，那又该怎么解释呢？”

左拉没有作声。

莫泊桑拿起帽子就走了。他这样离去，很可能被看成是对左拉的侮辱。但莫泊桑在所不惜。他不能容许任何人，哪怕是左拉，否认想象的作用。

莫泊桑跟每一个作家一样，极为珍视想象力，认为它是激发创作思维的媒质，是诗歌和散文的黄金国。

想象乃是艺术生命力的发端，而用拉丁区[1]热情洋溢的诗人们的说法，是艺术“永恒的太阳和上帝”。

但是想象这颗光耀夺目的太阳，只有在触及大地之后，才会燃烧。在太虚之中，它是无法燃烧的。它在其中只会熄掉。

那么何谓想象呢？回答这类难题最省力的办法，就是学盖达尔的样。他疑虑重重地望着交谈者，反问道：

“你又想出我的洋相吗？休想！我才不说呢。”

我们如果真想多少弄清楚点儿某些概念的话，最好的办法莫过于像小孩儿问大人那样打破砂锅璺到底。

孩子们总是喋喋不休地问：“这是什么？”“这是干什么的？”“这是为什么？”他们不逼得我们绞尽脑汁，好歹像个样子回答出所有这些问题，是绝不罢休的。

要是我们能找到一个小孩交谈，而这个小孩又会说“想象”这个词儿，那么这场谈话想必是这样的：

“什么叫想象？”

假如在这种情况下，我们大谈其“艺术的太阳”，艺术的“诸神之神”，那么我们就会陷入难以设想的困境，而要摆脱这种困境，只有一条出路，就是撇下这位谈伴落荒而逃。

孩子们要求的是一清二楚的回答，所以我们只得回答这

[1]巴黎一区名，位于塞纳河左岸，为著名大学区，教育全部用拉丁文。

位假想的谈伴说，想象——这是人的一种本能。

“什么样的本能？”

“这是人运用他对生活的观察和思想感情的积累，创造出与现实并存的虚构的生活、虚构的人物和虚构的事件的一种本能。”(当然，在跟孩子谈的时候，所用的语言应当通俗得多。)

“为什么呢？”谈伴问我们。“已经有了真的生活，干吗还要想出假的呢？”

“因为真实的生活是浩瀚无边的，是错综复杂的，任何一个人都不可能了解其整体和所有千差万别的局部。何况有许多事物，人是无从看到，也无从经历的。譬如，人不可能倒退三百年，去当伽利略❶的学生；或者去参加1814年攻陷巴黎之战❷；或者待在莫斯科，可是伸出手去却可摸到卫城❸的大理石圆柱；或者同果戈理一起在罗马的大街上散步谈心❹。或者坐在国民公会里听马拉❺发表演说，或者从甲板上眺望满天星斗的太平洋。而后者之所以不可能，是因为这人一生中连海都无缘见到，更别说大洋了。可是人却想知道、看到和听到一切，想经历世上各种各样的事情。于是想象就给予他现实所未及给予或

❶伽利略(1564—1642)：意大利物理学家和天文学家。

❷指俄、普、奥等欧洲反法联军击败拿破仑一世，攻陷巴黎一役。

❸指古希腊城市的卫城。

❹果戈理于1836年6月离开俄国，先后去德国、瑞士、巴黎和意大利。在出国的五年多内，他大部分时间是在罗马度过的。

❺马拉(1743—1793)：十八世纪法国资产阶级革命的领袖之一，政论家。原系医学家和物理学家，1792年选入巴黎公社和国民公会。

者不可能给予他的一切。想象能够弥补人生的空白。”

您谈着谈着，就忘乎所以，忘了您的谈伴是个孩子，于是您开始讲起他听不懂的东西来。

请问，谁能够在想象与思想之间划出一道泾渭分明的界限呢？它，这种界限，是不存在的。

想象力创造了万有引力定律、牛顿二项式定理、特利斯当与伊瑟的哀史❶、原子裂变、列宁格勒海军部大厦、列维坦❷的《金色的秋天》、《马赛曲》、无线电、电灯、哈姆雷特王子❸、相对论和电影《小鹿斑比》❹。

人的思想如果缺乏想象力，一如想象脱离了现实，是不会结出果实来的。

法国有句谚语："伟大的思想出之于心灵。"依我看，更确切的说法是：伟大的思想出之于人的整个存在。心灵、想象和理性——乃是产生我们称之为文化的那一切的媒质。

但是有一桩事情，连我们强大的想象力也是无法想象的，这便是想象力的消失，这也就意味着它所孕育出来的一

❶特利斯当与伊瑟是法国中世纪作家托玛和贝勒合著同名传奇小说中的男女主人公。特里斯当是英勇的骑士，伊瑟是美丽的公主，两人倾心相爱，但由于种种曲折而未成眷属。后特里斯当因抵抗外侮战死沙场。伊瑟因此哀伤过度，一恸而绝。国王将两人坟墓葬于教堂两侧。当天夜里，特里斯当的坟上便长出了一株蔷薇，覆盖到伊瑟坟上，爱情使这对恋人死后也结成连理。

❷伊萨克·伊里奇·列维坦(1861—1900)：俄国画家。

❸英国戏剧家莎士比亚名剧《哈姆雷特》中的主人公。

❹《小鹿斑比》是美国电影导演和画家华尔特·迪斯尼(1901—1966)所制卡通片名。

切事物的消失。如果想象力消失了，人就不再成为其人了。

想象力乃是大自然的伟大赐予，它蕴藏于人的天性之中。

我上文已讲过，想象脱离现实就无法生存，它是由现实来滋养的；而另一方面，想象又经常在某种程度上影响生活的流程，影响我们的事业和思想，影响我们对人们的态度。

关于我上文提及的这一点，皮萨列夫的见解是鞭辟入里的。他说，假若一个人不能在想象中描绘出未来的明晰的、纤毫毕见的图景，假若一个人没有幻想的能力，那么就没有什么来促使他为这个未来而行动，没有什么来促使他为它而不懈地斗争，甚至献出生命[1]。

我偶然在一把小刀上，
发现了异国的一粒微尘——
世界顿时又变得奇异万状，
缭绕着五彩缤纷的氤氲。

这是勃洛克的诗句[2]。另一位诗人则说：

---

[1]这段文字出自俄国政论家、文学评论家德米特里·伊凡诺维奇·皮萨列夫(1840—1868)的《幼稚想法的落空》。原文如下："假若一个人根本没有幻想的能力……假若他不能偶尔跑前一些，用自己的想象力洞察到他刚刚动笔创作的那件作品的完整的、纤毫毕见的美，那我就断断设想不出还有什么动因可教促他去着手从事艺术、科学和实际生活领域内丰富多彩而又令人劳顿的工作，并把这项工作进行到底。"——原注

[2]引自勃洛克的诗作《你可记得，在我们那梦幻的港湾……》。

每一汪水洼里——都有海洋的气息，

每一粒石子上——都有沙漠的痕迹……

啊，异国的一粒微尘，路上的一粒石子！想象力往往正是从这样一粒微尘，这样一粒石子开始其不可抑制的活动的。由此我想起了中世纪一个年老的西班牙小贵族的故事。

这个小贵族也许曾经有过好日子，不过在我们这个故事开始的时候，他在卡斯蒂利亚的领地内过着清苦的生活。所谓领地，不过是一小片土地，加上一幢阴森得好似要塞的囚室一般的砖房罢了，这还是祖先传给他的呢。

小贵族是个孤老头子，家里只有一个老迈的保姆。她连烧点儿最简单的饭菜也感到吃力，记性已坏得什么都记不起来，甚至跟她讲话，她都听不懂你的意思了。

小贵族整天坐在尖拱形窗户下的一张破沙发椅上看书。只有书脊中干透了的糨糊的毕剥声，打破屋里的寂静。

偶尔，小贵族抬起头来望望窗外。窗外耸立着一棵像铁一样黑不溜秋的枯树，单调枯燥的高原台地一直伸展到天际。西班牙的这个地区荒凉而不予人以快感，可小贵族却对它习惯了。

要他撂下故居，出外去做长时间的累人的旅行，去忍受旅行中可能遇到的各种烦恼，他的年纪已经过老了。再说，在偌大的西班牙王国内，他没有一个亲戚，没有一个朋友可去探望，又干吗要去旅行呢！

小贵族过去的生活情况，很少有人知道，据说，他有过妻子，还有过一个美丽的女儿，不过她俩在同一年、同一月生鼠疫死去了。从此他就杜门不出，偶尔有个过路人由于天黑了或者碰到坏天气前来投宿，他也不怎么乐意接待。

有一天，有个披着粗呢斗篷的风尘仆仆的人，把一匹老毛驴系在那棵黑不溜秋的树上，前来叩他家的门。在熊熊燃烧的火炉旁吃晚饭时，那人讲给小贵族听，多亏圣母保佑，他总算从去西方的那次危险的航行中平安回来了，国王听信了一个叫哥伦布的意大利人的花言巧语，派了几艘轻快帆船西行探险。

他们花了好几个礼拜的时间横渡大洋，曾听到过海女——塞壬[1]的声音。海女妖声妖气地央求把她们拉上船来，好让她们在甲板中用自己的长发，像块布似的裹住一丝不挂的身体，取取暖。

船长下令不得答应塞壬的要求。这一下水手们怒不可遏了。他们朝思暮想地渴望爱情，渴望女人丰腴柔韧的大腿。

结果这一切以一场失败的哗变告终。三个为首的被吊死在横桁上。

---

[1]塞壬是希腊神话中人身鸟足的女妖，住在地中海的小岛上，常以美妙的歌声引诱航海者触礁毁灭。

他们继续向前航行，见到了一个闻所未闻的大海。海上布满了水草，草中开着一朵朵硕大的蓝花。于是他们举行了弥撒，开始做环海航行。就这样不知航行了多少天，突然水平线上出现了一片新的大陆——神秘而又美好的大陆。风送来了海岸上森林温柔的喧声和花草醉人的芳香。

船长登上舰桥，拔出佩剑，举向天空，剑尖迸发出金色的火焰——这表明他们终于发现了黄金国[1]，在这个国度里，漫山遍野都是宝石和金银。

小贵族默默地听着那人讲这个故事。

那人临走时，从皮囊里拿出一只由黄金国带回来的玫瑰红的海贝壳，赠送给年老的小贵族，以感谢老人招待他晚餐，还留他过夜。贝壳是不值钱的东西，所以小贵族收下了。

那人走了。当天夜里下了雷雨。闪电在满是沙砾的台地上空缓缓地亮了又灭，灭了又亮。

贝壳放在小贵族床边的桌子上。

他醒来时，看到被天火的闪光照亮的贝壳。在贝壳深处时明时灭地出现由玫瑰红的光泽、浪花和云霞构成的那个奇异之国的幻景。

闪电熄灭了。小贵族等到下一次闪电迸发时，又在贝壳中看到了那个国度，比第一次看到的还要清楚。无数大瀑布，水珠飞溅，浮光耀金，从突兀峻拔的海岸上倾泻到大海之中。

[1]指16世纪时西班牙人假想中位于南美洲的宝石与黄金之国。

这是什么？想必是一条条河流。他甚至感觉到了河上清凉的空气，连水花都溅到了他脸上。

他认为这是自己在做梦，便下了床，把沙发椅挪到桌子跟前，面对贝壳坐了下来，然后伛下身子，竭力想看清贝壳内那个国度的全部奇景，他的心不知为什么怦怦地跳着。但闪电越来越稀疏，转眼就停了。

小贵族不敢点燃蜡烛，生怕莽撞的烛光会使他确信这一切不过是错觉，贝壳内根本没有什么国家。

他就这样一直坐到天亮。在晨曦下，贝壳一无奇妙之处。贝壳内除了隐约才能看到的一线烟色的反光外，什么东西也没有，仿佛一夜之间，这个神秘的国度就迁移到了一千里约❶之外。

当天小贵族就到马德里去，跪在国王面前，恳求国王下一道谕旨，恩准他自费装备一艘轻快帆船，西渡大洋，去寻找那个神秘的国度。

国王是仁慈的，允准了他这个要求。等小贵族走后，国王对他的近臣们说：

"这个小贵族显然是个疯子！就靠这么一艘可怜巴巴的轻快帆船，他能到得了吗？不过话要说回来，甚至疯人，上帝也不惜为他们指路。说不定这老头儿还真能给我们王国增添新的国土呢。"

---

❶法国古代长度单位，一里约相当于4.5公里。

小贵族朝西航行了好几个月。一路上他只喝水，东西吃得很少。焦灼不安的心情使他憔悴了。他竭力不去想那个奇异的国度，担心永远也到不了那里。或者，即使到达了那里，所看到的却是一片枯寂的荒原，荆棘丛生，狂风肆虐，灰蒙蒙的尘柱遮蔽了所有的地方。

小贵族祈求圣母，保佑他不致落到这种失望的境地。

用木头粗糙地雕成的圣母像，钉牢在轻快帆船的船头上。她在海船的前面，摇晃着身子，破浪前进。她那双鼓出的碧眼，一眨也不眨地瞵视着远处的海面。她那已经有点剥落了的金发上和褪色了的紫罗袍上，溅满了晶莹的水珠。

“引导我们去那儿吧！”小贵族向她恳求道。“这个国度不会不存在的。我无论在梦中还是醒的时候，都那么清楚地看见它。”

有天傍晚，水手们从海里捞起了一根断枝。这说明陆地就在附近了。

断枝上长满了像鸵鸟羽毛似的大树叶。树叶发出一种甜滋滋的沁人心脾的香味。

这一夜，船上谁也没有睡觉。

终于，在朝霞的光华中，有个横断大海的国度展现在航海者的面前。只见岸上重峦叠嶂，祥云腾腾。群山呈现出绮丽多姿的色彩。无数条清澈的河流，由这些山上直泻到海洋之中。在郁郁苍苍的森林上空，飞翔着一群群欢乐的鸟。枝叶是那么繁茂，鸟无法飞入林中，所以都在树林上空翱翔。

从岸上吹来一阵阵花果馥郁的香气，使人觉得只消吸一口到胸中，就可长生不老。

太阳升起来了，这个被瀑布的水汽笼罩的国度，顿时七彩纷呈，就如阳光照在棱状的水晶器皿上一般。

这个国度好似天和光的妙龄女神遗忘在海角的一条钻石腰带，光华熠熠，璀璨夺目。

小贵族跪了下来，把瑟瑟发抖的双手伸向这片神秘的土地，说道：

"感谢你，上帝！是你在我暮年，激发了我追求新事物的意念，是你使我的心灵备受幸福之邦的幻景的煎熬，否则我永远也不会出来寻找它，我的双目就会由于天天看着台地枯燥单调的景象而干枯失明。我愿用我爱女的名字佛罗伦西亚来命名这片幸福之地。"

数十道小巧的彩虹由岸边飞来迎迓这条轻快帆船。这景象看得老人目眩神迷。阳光照在瀑布的水帘上，燃起了这一道道的彩虹，但不是彩虹向轻快帆船飞来，而是帆船迅速地朝彩虹驶去。

张在桅杆上的风帆庄严地噼啪作响。由全体船员升起的一面面节庆的旗帜，发出哗哗的欢呼。

小贵族扑倒在温暖的、湿漉漉的甲板上，不再作声。他疲惫的心脏经不起这一天所赐予他的空前巨大的欢乐。他死了。

据说，后来叫做佛罗里达[1]的那个地方就是这样发现的。

这个故事的寓意何在，大概没有必要再加以解释了。不过我还是想阐述一下故事的主旨，以便明确无误地说明这样一个思想，即：渊源于生活的想象，有时也会反过来主宰生活。

那个披粗呢斗篷的人，促发了小贵族的想象力。从那一刻起，想象便控制了年迈的小贵族，正因为如此，他才在贝壳深处看到了一个奇异的国度。

想象的一个非凡的特点，就在于人相信它。如果人不相信它，它就会沦为空泛的智力游戏，儿童玩的无聊的万花筒。

这种对想象的信任乃是一种力量，可以促使人到生活中去寻找他所想象的东西，为其实现而斗争不息，促使人不顾一切地去响应想象的召唤，就像那个年老的小贵族所做的那样，最后在现实生活中创造出他所想象的东西来。

然而同想象的关系最紧密的，首先要推艺术、文学、诗歌。

想象基于记忆，而记忆基于现实生活中的现象。记忆的积累并非杂乱无章的堆积物。有某种规律——联想的规律，或者如罗蒙诺索夫[2]所称为的"浮想的规律"，把回忆这一杂乱无章的堆积物，按照彼此相似的程度，或在时空两个方面

---

❶美国东南部半岛，滨大西洋和墨西哥湾。

❷米哈伊尔·德米特里耶维奇·罗蒙诺索夫(1711—1765)：俄国学者、诗人，俄国唯物主义哲学和自然科学的奠基者。

相近的程度加以分门别类，换言之，加以综合概括，从中理出一串一环紧扣一环的、连绵不绝的链条。这串联想的链条乃是现象的指路线。

联想的丰富说明作家内心世界的丰富。如果具有丰富的联想，那么任何思想，任何题材，转眼之间就可具有生动的轮廓。

有一种含有极其丰富的矿物质的泉眼，只消随便把一根什么树枝或者一枚钉子放到这种泉眼里，用不了多久就会有许多雪白的晶体附着在树枝或者钉子上，使之变成真正的艺术品。人的思想如果沉浸在我们的记忆之泉中，沉浸在丰富的联想的媒质中，也会发生大致相同的情况，变成艺术作品的。

关于联想的例子不胜枚举。不过必须记住，我们中间每一个人的联想都是同他的生活、经历和他的回忆联系在一起的。所以每一个人的联想在旁人看来，都可能是意想不到的。同一个字在不同的人身上会引起不同的联想。作家要做的事，就是把自己的联想告诉读者，或者如常言所说的，传达给读者，使之产生类似的联想。

罗蒙诺索夫在其《雄辩书》一文中，举了一个有关联想的最简明的例子。用罗蒙诺索夫的话来说，联想乃是和一已知的事物一起，同时想象到其他与此有关的某些事物的一种精神的禀赋，例如：当我们心中想到海船时，又从海船想到海船航行其中的大海，从大海又想到风暴，从风暴又想到波涛，从波涛又想到海岸上的喧声，从海岸又想到岩石。如此等等。

这是那种所谓“文选读本式”的联想。其实有许多联想往往远要复杂得多。

不妨举一个例子。

我此刻在里加湾海滨沙丘上的一幢小屋里写作。隔壁房间里有一个乐天的人，是位拉脱维亚诗人，正在朗诵他的诗歌。他穿一件大红的高领绒线衫。这种绒线衫，我在很久以前，还是在战时，看到爱森斯坦[1]导演穿过。有一回，我在阿拉木图一条大街上遇见爱森斯坦，他拎着一捆刚买来的书，他选购这样一些书，使我感到有几分惊讶。这些书是：《排球比赛指南》、中世纪史的文选、代数课本和诺维科夫—普里波依[2]的《对马》。

“导演应当是个通才，所有的东西都得知道，”爱森斯坦说。“而且所有的东西都得找到表情来表演。”

“连代数公式也得用表情来表演！”我问道。

“当然！”爱森斯坦回答说。

那时诗人弗拉基米尔·卢戈夫斯科伊正在写一首长诗。诗中有一章是写爱森斯坦的，标题叫《阿拉木图——梦的城市》。长诗中描写了挂在爱森斯坦房间里的墨西哥面具。那是

---

[1]谢尔盖·米哈伊洛维奇·爱森斯坦(1889—1948)：前苏联电影导演。

[2]阿列克谢·西雷奇·诺维科夫—普里波依(1877—1944)：前苏联作家。长篇小说《对马》是他的代表作。

爱森斯坦出访中美洲时带回来的。

总的来说，征服美洲的历史——这是人的卑鄙无耻的历史。这段历史就该冠上这么一个标题。如果把这写成一部历史小说的话，取名《卑鄙无耻》是很确切的。这个书名，听起来好像打一记耳光的声音一样。

啊，给作品取名，真是一桩经常叫人大伤脑筋的事！

给作品取名，是一种特殊的才能。有些人作品写得挺好，可就是不善于给自己的作品取名。有些人则相反。这就如同有一些人，用嘴讲挺精彩，可是一写出来就差劲了。这些人徒有口才而已。需要有高尔基那样大的才气才行，他可以把一个故事讲上许多遍，等到把它写出来时，又和讲的完全不一样，新鲜极了！高尔基的口才是了不起的。一桩真人真事，他可以在片刻之间就加进去许多活灵活现的细节，而且每讲一遍这件事，细节都有所增加，有所变更，故事变得更加有声有色。其实他讲的故事本身就是不折不扣的创作。所以高尔基最怕跟那些缺乏才气的、刻板的、怀疑他讲的故事的真实性的人待在一起。只要坐在这些人中间他就觉得无聊得难以忍受。他蹙紧眉头，一声不吭，那神态好像是在说："同志们，跟你们一起生活在这个世界上，可真乏味呀！"

不少作家都有这种根据真人真事编讲精彩故事的本领。譬如马克·吐温就是其中的一个。有一位力主作品不得丝毫违背真实的批评家，指摘马克·吐温撒谎造谣。马克·吐温气坏了，反问他说："要是您自己不会撒谎，连最蹩脚的谎也不会撒，而且根本就不知道撒谎是怎么回事，那您凭什么判断我撒谎了还是没有撒谎呢？只有在撒谎这种事上经验丰富的人，才敢于这样大胆地下您这样的断言。可您没有，也不可能有如此丰富的经验。你在这个领域内是不学无术的，是个无知之徒。"

伊里夫曾经讲给我听过，他在马克·吐温的故乡的那个小城里，看到了汤姆·索亚和哈克贝利·费恩[1]的纪念碑。在纪念碑上，费恩抓住一只死猫的尾巴。说实在的，我们何不也来给文学作品的主人公们立些纪念碑呢？譬如给堂吉诃德或者格利佛立纪念碑，给保尔·柯察金、达吉雅娜·拉林娜、塔拉斯·布尔巴、彼埃尔·别祖霍夫、契诃夫的三姐妹、莱蒙托夫的马克西姆·毕巧林或者梅丽[2]立纪念碑。

上面所说的一切，便是一串联想的链条。链条上的环节还可以一环环扣上去，直至无限。而如果把这串联想的链条

---

[1] 汤姆·索亚是美国作家马克·吐温(1835—1910)所著《汤姆·索亚历险记》中的主人公。哈克贝利·费恩是他的另一部小说《哈克贝利·费恩历险记》中的主人公。

[2] 堂吉诃德是西班牙作家塞万提斯 (1547—1616) 同名小说中的主人公；格利佛是英国作家斯威夫特(1667—1745)所著《格利佛游记》中的主人公；保尔·柯察金是苏联作家奥斯特洛夫斯基(1904—1936)所著《钢铁是怎样炼成的》中的主人公；达吉雅娜·拉林娜是普希金的长诗《叶甫盖尼·奥涅金》中的女主人公；塔拉斯·布尔巴是果戈理所著同名小说中的主人公，彼埃尔·别祖霍夫是托尔斯泰所著《战争与和平》中的男主人公；契诃夫的三姐妹是指他所写的剧本《三姐妹》中的人物；马克西姆·毕巧林和梅丽是俄国作家莱蒙托夫(1814—1841)所著《当代英雄》中的男女主人公。

上的第一环和最后一环——大红的高领绒线衫和梅丽的纪念碑扣在一起，那么本来十分自然的整个联想过程便无异于谵语了。

我之所以连篇累牍地大谈其联想，无非因为联想同创作的关系极为密切。

上面已就想象的事谈了很多，至少有一点说清楚了，即：没有想象就没有真正的散文，就没有诗歌。

关于想象，说得最好的，大概要推别斯土舍夫-马尔林斯基了。他说道：

"紊乱、混沌的状态——是某种真实的、崇高的、诗意的创作的前奏。只待天才的光芒冲破这片黑暗，迄今还是敌对的、互相抗衡的微尘便会在友爱与和谐中再生，凝集成最强有力的整体，严密地黏合在一起，牢固地聚合成闪光的晶体，升起为高山，泛滥为大海，于是生机勃勃的力量便在新世界的额上写满它那巨大的象形文字。"❶

夜幕降下了，精神力量渐渐复苏，——这种力量目前还无以名之。称它什么呢？称它想象，幻觉，对人的意识的显微

---

❶引自俄国作家、十二月党人亚历山大·亚历山大罗维奇·别斯土舍夫-马尔林斯基(1797—1837)于1832年致俄国作家尼古拉·阿列克谢耶维奇·波列伏依(1796—1846)的信。

烛幽的洞察力，灵感？称它精神的亢奋或者精神的宁静？称它欢乐或者忧郁？天知道！

我熄掉灯，只见夜慢慢地亮了起来。黑暗浸透了雪光。结了冰的海湾，犹如一面硕大的朦胧的镜子，从下界映照着夜空，使夜色变得幽邃空明。

举目望去，一排排波罗的海松树的黑黝黝的树冠尽收眼底。一列电气列车正从远处驶过，发生有节奏的逐渐增大的响声。后来又复归寂静，静得使你好像听到了窗外针叶最微弱的窸窣声和某种似有若无的莫名的噼啪声。这声音含着星星的闪烁起伏着。也许这是寒霜从星星上飘落下来，小心翼翼地降到地面上时发出的一阵阵声音吧。

屋里空荡荡的。只有我一个人。旁边是宽达数百海里的大海，而沙丘后边是大片大片的沼泽和矮小的树林……附近一个人也没有。但是只要把灯点亮，坐到书桌前，拿起笔来随便写点什么，孤独感立刻就消失了。我并非孤单一人。从这间斗室里，我可以同千万人，同全世界谈话。我可以向他们讲各种各样的故事，使得他们欢笑和悲痛，激起他们的遐想、愤怒、爱情和怜悯，像个引路人那样牵着他们的手在生活中行走。它，这生活，是在这里，在这四堵墙壁间创造出来的，但是却能冲向整个世界。

我牵着他们的手去迎接朝霞。朝霞是一定会来的。它已在东方微微地揭起黑沉沉的夜幕，用眼下还非常邈远的、勉强才能看得到的一抹鱼肚白照亮了天陲。

眼下我自己也不知道将要写些什么。存在于我头脑中的思想好似波浪一样起伏翻腾，我热望同旁人分享此刻充满了我的理智、心灵、我整个躯体的那一切。思想在我的头脑中活跃，但是它会有什么样的结果，将用什么方式表达出来，我自己目前还不清楚。不过我知道我将要为谁写作。我将要同全世界谈话。然而要历历在目地想象出全世界的样子是困难的，几乎是不可能的。

所以我总是想起某一个人，为他而写作，譬如说吧，为那个小姑娘而写作，她有一双明亮得叫人目眩的眼睛，有一回，她顺着牧场跑来迎接我，刚一跑到我跟前，就抓住我的臂肘，累得气喘吁吁地说：

“我在这儿等了您好久，已经采了一大把花，还背了九遍《叶甫盖尼·奥涅金》的第二章了。全家都在等您回来，您不在，大家都觉得冷清。您这就给我们大家讲讲您在湖上都见到了些什么，最好再编点儿有意思的。不，还是别编的好，看到什么就讲什么，因为就是不编，牧场上也够美的了，野蔷薇已经开第二遍花了！真好看呀！”

或许为那个女人写作，多少年来，她把自己的生命同我的紧紧地联结在一起，与我分担艰难和困苦，共享欢乐和柔情，所以现在已没有任何东西可以使我们惧怕的了。

或许为朋友们写作。只是在我这样的年纪，朋友一年比一年少了。

不过归根结蒂，我是为所有愿意看我作品的人写作。

我还不知道将要写些什么。也许是因为我想写的东西太多了，所以一时还未能从中拣出那个像磁石一般的思想，以便把其余的思想吸引拢来，使它们乖乖地进入叙述的范围之内，各就各位。

这种情况所有从事写作的人都是熟悉的。

"难怪诗人们要谈灵感，"屠格涅夫说道。"当然，缪斯[1]是不会从奥林匹斯山[2]上下凡来找他们，给他们送去现成的诗歌的。但是他们常常会有一种特殊的情绪，与灵感十分近似。费特曾在一首诗中说，他自己也不知道将要歌唱什么，而是'那首歌自己在成熟'，结果这首诗遭到了人们极大的嘲笑，其实这首诗倒是生动地表达了那种情绪的。有时你会产生一种要写作的愿望——具体要写些什么虽然还不知道，但已有了写作的兴致。正是这种情绪，诗人们称之为'神的君临'。这种时刻乃是艺术家感到莫大喜悦的时刻。如果不存在这种时刻，那么谁都不会去写作。而此后，当你不得不把活跃在你脑袋里的种种想法加以整理，并形诸笔墨的时候，痛苦就开始了。"[3]

---

[1]希腊神话中的九位文艺和科学女神的通称。

[2]希腊东北部的一座高山，古代希腊人视为神山。希腊神话中的诸神都住在山顶。

[3]引文出自尼·奥斯特洛夫斯卡娅所著《忆屠格涅夫》。——原注

半夜里,我突然听到一种声音。那是远处一艘轮船的汽笛声。可这儿港湾都封冻了,哪来的轮船?

昨天里加的报纸报道说,有艘破冰船自列宁格勒开抵港湾。显然,是那艘破冰船在鸣笛。

突然,我想起了有艘破冰船上的大副讲给我听的一件事。他们的船在芬兰湾内破冰时,他看到坚冰上有一束冻僵了的野花,上面积着一层雪。是谁把这束花丢失在这冰天雪地的荒漠中的呢?显然是一艘什么船在刚刚上冻,冰还很薄时,破冰而出,落下了这束花。

于是形象出现了。这个形象以一种不可理解的力量开始引出一则眼下在我脑子里还模模糊糊的童话。

人们自然想解开这束冻僵了的花的秘密。所有的人都做了猜测。每个看到这束花的人都有自己的想法。

我也有我的想法,虽说我并没看到过这束花。我想,这会不会就是那个跑来迎接我的小姑娘在牧场上采的花呢?想必就是这些花。但是它们怎么会搭到芬兰湾的冰上去的呢?只有在童话中才会出现这样的事情,童话是不知道什么时空的限制的。

这时,我又想到了女性对花的那种特殊的、跟我们男人截然不同的态度。对我们男人来说,花是装饰品。对女人来说,花却是生灵,是从我们这些忙于公务的成年男子偶尔才以一种俯就的态度、淡漠地匆匆瞥上一眼的那个天地中来的嘉宾。

可惜朝霞这么快就燃烧了起来。白昼的光亮会驱走这些思想，使它们在一本正经的人眼里，显得滑稽可笑。

在阳光下，许多童话都会蜷缩起身子，像蜗牛那样躲进自己的硬壳。

是呀，的确这样，不过我那则童话，尽管眼下还有点模糊，但已经要呱呱坠地了。童话、短篇小说、中篇小说，当它们打算出世时，要想加以阻止，几乎是办不到的。这无异于屠杀生灵。它们好像是自动地开始在我们意识中蓬勃生长。

把那篇童话形诸笔墨的时刻终于到了。写童话，在绝大部分情况下，困难的程度不亚于要用文字来表达青草微弱的气味。写童话时，你几乎连气都不敢喘，唯恐把落满在童话上的纤妍的花粉吹掉，而且你写得很快，因为光、影和一幅幅的图景，都轻若游丝似的在你面前迅捷地一闪而过。不能拖拖拉拉，不能落后于奔驰而去的想象。

童话写好了。我真想怀着感激之情再看一下那双明亮的眼睛，童话就是常驻在那双明眸中的。

戴骢　译

一条道路

〔日本〕东山魁夷

一条道路,在我的心中。

夏天早晨的野外的道路。

我看到青森县种差海岸牧场的写生画的时候,这条道路便浮现在我的眼前。

这幅牧场的写生画里, 正面的丘陵上可以看到一座灯塔。我想,要是除去栅栏,马群和灯塔,就只画一条道路怎么样呢? ——自从有了这个念头,一条道路的影像始终不离我的心头。

光用道路构成画面行吗? 我有些不安。但是,除了道路,我再不想添加别的景物。这不是现实里的道路的风景,我想画出象征世界中的道路。我想画的虽然不是某一个地方的道路，但考虑到各种条件，我依然从种差牧场着手构思。我认为那里还算齐备些。不过，我的那幅牧场写生是战前画的，相去十多年了，时至今日，那些道路依旧一成不变地存在着吗?我不由担心起来。

跑一趟也是徒劳，看来，不必受到这条道路的约束。1950年，那时出外旅行的条件尚不能说很好，不过我并非记挂这一点。当那最初触发创作欲望的现实的风景完全改变的时候，心中刚刚形成的道路的影像会不会淡薄呢？我对此放心不下。

尽管如此，我还是想去看一看。当时东北本线因遭水灾而不通，我乘奥羽线火车绕道青森抵达八户。

到了种差海岸，只见那条荒凉的道路，穿过一切如旧的牧场通向竖立着灯塔的山丘，缓缓地绵延着。

“还是该来呀。”我自言自语，伫立在那儿。

草地向海面倾斜着，道路两旁杂草丛生，笔直而和缓地向上伸展，接着向右方微微转弯，便从视野中消失了。遥远的丘陵后面有一条横线，看来那是路的延长。

然而，这条现实中的路和我心中浮起的十几年前那条画面上的路，相去甚远。作为总体的构图，这丘陵和这道路相配合是可以的，但眼前的这条路，在夏日的阳光暴晒下，土地干枯，野草枯萎了。路面泥土所具有的沉寂的情感，两旁草木和四周环境细腻的韵味，所有这些都消失了。对面的山丘以前呈现出一条柔和的轮廓线，如今山头的岩石已经裸露了。这是十年风雪洗刷的结果吗？战后破败的残迹，从陆奥边陲的牧场的道路上也显现出来了。

我想绘制一条温馨莹润的道路。我说明了来意，便在牧场借住下来。一大早，太阳尚未升起，就对着道路开始写生了。回到市川以后，每天早晨依然到附近河堤的道路上散步，观望朝露瀼瀼的草木和土色，权作参考。就这样，我为创作《路》积极进行准备。

路有两种：回顾已经走过来的路；展望今后即将走的路。我想画的是今后将要走的路。当面对着和缓的上坡路时，我们就会产生即将跨越那里的念头；与此相反，当俯视着下坡路时，我们往往会觉得在回顾刚走过来的路。

当我绘制这幅《路》的画面时，既想到即将要走的路，也当成是已经跨越的路。这是绝望和希望交织的路。它既是遍历归来的路，又是重登旅程的路。它是对未来满怀憧憬的路，又是对过去诱发乡愁的路。然而，我把远山的天空处理得明亮些，使远方的路微微向右升起，消失于画面之外，因此增强了这是一条即将攀登的道路的感觉。

将人生比作道路，这是极平凡的。但是芭蕉[1]把他那不朽的游记题为《奥州小道》。这固然因为文中有对奥州山野的描写，它既是现实中道路的名称，又意味着奥州地方众多细小

---

[1]松尾芭蕉（1644—1694），日本江户前期著名诗人。

的路径，这些都是边鄙地区的小路。然而，芭蕉之所以选择这样一个标题，可以说是将其作为旅途中的自己的姿影，象征着芭蕉的人生观和芭蕉的艺术观。我也时常旅行，我觉得旅行就是人生，就是艺术，作为遍历的象征的道路，化成鲜明的形象，深深铭刻在我的心中。

我也走过各种道路。

早春山丘的路。新绿荡漾的麦田，呈现一条条白色的纹路。桑园里的桑树尚未发芽。遥远的群峰，白雪晶莹。碧玉般的天空，飘浮着轻云。

沿着溪流连接着几座寂寞的山村，杉树的影子散落在古道上。葺着石板的屋顶。昏暗的房屋里的蚕棚。织机的梭音。

走进森林深处，道路铺着山毛榉和枹树的落叶。脚踩落叶松松软软的，发出轻微的响声。这里，就在这里，白桦树傲岸挺拔，林木深处枫叶鲜丽似火。

雪国的路。净拣被人踩得结实的路径走着。雪橇来了。为了躲避它而闪向一边，一个踉跄踏进深雪之中。少女的头巾耀人眼目。

檐下清流潺潺。古朴的小镇。格子窗下排放着花盆。明丽的晚霞，映照着板壁剥落的储藏室。短幔。古老的招牌。

都市雨湿的柏油路。橱窗里的华灯，灯光渗进了路面。地下酒吧腾起爵士乐的旋律。人们倦怠的面容。寂寞。

学生帽上写有又新又美文字的徽章。从莺谷车站踏着樱花，经过博物馆旁，走在通向学校的道路上。

秋夜。美术馆的墙壁上贴出了中选者的名单。黑暗中人声如潮。初次中选，满心喜悦，为了给神户的父母打电报，脚步轻捷地在道路上奔跑。这是由公园通往坡下邮局的道路。

一个骑驴老人沿城墙根走来。石桥下边，村女们一边用棍棒捶打衣服，一边洗涤。街道上的白杨在风中摇曳。这是热河省承德的道路。

罗马郊外的埃皮亚道路。废墟，云杉和伞松。保罗望见基督幻影的道路。夏云。远雷。

古老的装饰着墙板的房屋，城门钟楼的尖塔上擎着鹳鸟的巢。广场上的泉水。马车通过暮霭沉沉的石板道，马蹄下火花迸射。这是拜恩州的古城。

从品川车站穿过灯火管制的黑暗的街道，到区公所领取应征通知书。走在雨后的道路上。

灼热的瓦砾，断落的电线，倒毙的马匹。黑烟。日食般的太阳。空袭下的熊本的街道。

拖着母亲的灵车走在荆泽的道路上。风猛烈地吹着，初雪闪亮的富士山，浮现在澄碧的天空。

道路的回忆是无尽的。今后还要攀登怎样的道路呢？舒伯特的歌曲集《冬日旅程》是根据缪勒的诗创作的，全篇描写了一个旅人在冬日的道路上踽踽独行的身影，咏唱着人生的寂寥。那首有名的《菩提树》是一首乡愁之歌，通过一系列诗句，表现游子在冬天的旅行中，回忆起城门泉边菩提树叶子下面有一个令人销魂的场所。另一首《路标》，描述了徘徊旷野的旅人一见到路标就想起这条任何人都无法生还的道路。最后，旅人来到"旅馆"，这是坟墓。"旅馆"的标记是送葬的蓝色的花朵，他想在这冰冷的卧床上休息一下疲惫的身体。然而他遭到旅馆老板的拒绝，于是继续徘徊。这是一条令人绝望的冬日的道路。我经过冬日的道路，好容易踏上缀满朝霞的初夏草原的道路。

那年秋天，我把《路》送到第六届"日展"上展出。纵长的画面，中央是一条灰黄的路，左右的田野和山丘一片青绿，天空狭长，呈现蓝色。我考虑了这三种颜色在分量上的比重。作为展品，这是一个很小的画面，但如果再放大开来，画面就会失掉紧凑感。我想，使这种小巧的画面得以充实，对这种画来说还是必要的。

经过孜孜不倦的圆满而细致的制作，终于完成了。

这年，我首次成为"日展"的审查员。这幅《路》的展出，受到众多人的好评，获得画坛和社会的承认。

人生的旅程中有许多歧路，比起自身的意志来，我受到更大的外力的左右，这一点，我在本书的开篇中已经说过了。这种情况至今未曾改变。正因为我心中孕育着这种意志，要攀登这条道路，所以我才完成了这样的作品。不是吗？可以说，它在我心中的地位，它的方向是早已定型了的。然而，这条路既不是被光明炽烈的太阳映照的路，也不是被阴惨的暗影包裹的路。这是一条在熹微的晨光里恬静呼吸着的坦坦荡荡的永生的路。

陈德文　译

瞬间中的瞬间

〔俄罗斯〕邦达列夫

究竟是什么主宰着世界和我们大家？也许，是宇宙中心一个星球上的赤热深渊，或者是把群星的躯体，甚至整个银河系都吞进自己肚子里的令人目眩的极大的黑洞？也许，正是这个最高当局在给世界的运转颁布法律，确定一切始与末、生与死、地球的转动、人类的存亡，就像地球的大自然在森林里建造蚁穴的同时，就预先规定了它们的最后时刻，就是说，一诞生就注定了死期。

无法想象宇宙那无限的空间：火焰四射的狂暴飓风，在可怕的巨大旋风中，焚化着一切的太阳那沸腾般的日珥，星球爆炸的火花，万箭齐发般的火焰簇射，就在这种情况下，在神秘的一片漆黑当中的某个地方，在宇宙坐标轴线上的某个交叉点上，飞行、旋转着一个微小的尘粒——这就是地球，造就伟大世界的最高势力根据宇宙构成的普遍规律，为它规定了能量、任务和生存期限。

不能同意这样的说法，即地球一诞生就已经为最后消失奠定了基础，也不能同意这样的说法：死就是生的不可割除的影子，就是生命那充满喜悦、爱情、青春和成就的喜气洋洋的日子的形影不离的旅伴，并且越是临近日落，那不祥的阴影就越长、越明显。永恒——就是无限的时间，同时，永恒又没有时间。

如果地球的寿命——只不过是世界能量极其微小的一丁点儿的一刹那，那么一个人的一生——就不过是最短瞬间中的瞬间。

1976年1月26日，在北半球上空，有一个像我们的太阳那么大的星球爆炸了，这一神秘的巨型爆炸总共持续了四十分钟，向空间释放的能量足够地球和我们这些罪人使用十亿年。谁都不清楚这一爆炸与什么有关——那可能是一颗新星的死亡或诞生，或者是垂死挣扎变成了新生，也许有可能是一种不可思议的核能释放，是一个星球的毁灭，是它变成了一个黑洞，或者是一个密度异常大的天体在预先注定它要爆炸和死亡的时刻，以自己的死亡来变成了一个全然不可知的白洞。

谁能确切地回答：大自然和进化，生期和死期，生变死、死变生的推动力，都是由宇宙的什么规律和什么力量管辖的？

我们未必能够解释，为什么人的寿命不是九百岁，而是七十岁（按《圣经》的说法）？为什么青春期如此短暂，如此匆匆而过？为什么老年期却又如此漫长？我们也无法找到关于善与恶为何有时像因与果那样不可分割的答案。不管这有多么可悲，但还不值得重新评价人对自己在地球上所处地位的认识——大多数人认识不到生存的意义和个人生命的意义。要知道，为了有根据说自己活得是否正当，就得过完赋予你的整个寿数。否则，怎样来理解这一点呢？用一些可能性和千古不变的命运之说这类抽象理论来理解吗？

但是，人们往往不愿同意这样的说法，即他只不过是微粒般地球上的一个从宇宙高空看不见的小得可怜的尘屑，而且一旦缺乏自知之明，他还狂妄地确信他能洞悉宇宙的奥秘和规律，当然还确信能使它们服从于人们的日常利益。

人是否知道，他必有一死？……这一令人不安的想法，只是像一个阴影在他的意识中一闪而过，他不断躲避着它，不断自卫着，往往用一种期望来自我安慰——反正明天不会发生那种不可避免的不幸，还有时间，还有十年、五年、两年、一年、几个月……

人们不愿与生活分手，尽管多数人的生活并不包含大悲或大喜，而是充满着操劳的汗水气味，还有一些平庸的肉体满足。与此同时，还有许多人被一条条无底鸿沟彼此分开，只有一些细小的、时断时续的爱情和艺术横竿，才有时把他们联结在一起。

不过，人的意识，头脑清醒和富有想象力的人的意识，毕竟会涉及整个宇宙，涉及宇宙间一些星球上常有的神秘而又冷酷的恐怖现象，也会涉及人生在世、短暂一生中的合乎规律的偶然性的个人悲剧。但不知为什么，这并不会使人感到绝望，不会使人觉得自己的所作所为是索然寡味的徒劳之举，就像有智慧的蚂蚁从不停止它们那些不知疲倦的活动一样，看样子，它们的操劳是为了自己那种单一的利益所需。人总以为他在地球上拥有至高无上的权力，并且由此深信，他是永生不灭的。他总是久久不愿考虑：夏季必将变为秋季，青春终将为老年代替，甚至那些最亮的星星也将会熄灭。在人的信念中，存在着运动、毅力、活动和激情的推动力。在人的骄傲中，有这样一种观众的轻率：他自信津津有味的人生影片将会无休止地延长下去。

那种过于自负地希望认清生活中瞬间中的瞬间的艺术，那种期望向人们传达别人的理性经验和感性经验，并由此成为永垂不朽之作的艺术，不是也充满着骄傲吗？

不过，如果没有这种信念，也就没有人的思想，就没有艺术。

王子英　译

说人的天性[1]

〔英国〕培根

人的天性常常是藏而不露的，有的时候能得到克服，但却很难完全消灭。外力可以约束天性于一时，但一旦外力不复存在，天性将会变得更为激烈。教导与训勉可以使天性有所收敛，但唯有习惯才能改变与驯服天性。一个想要战胜其天性的人，切忌给自己规定的任务过大或过小；过大会因为屡屡失败而使自己受到打击，而过小又会因为稍试即成以致收效不大。另外在起初时其实验须依靠外力，比如初学游泳者要凭借气囊或草团等；但经过一段时期他便应该在不利的条件下去进行练习，正像舞蹈演员故意要穿上厚重的靴子去跳那样。因为只有当训练的要求严于正常的情况时，这种技

[1]这里天性(nature)主要指人的性情、性格与倾向。

艺才能臻于完美。遇到特别强悍的天性，战胜它相当困难时，那么这一训练便得分阶段去进行，即首先训练的时间每次不可过长，这正仿佛当一个人即将发怒时须先背诵一遍24个字母[1]；其次，戒除之量每次不可过大，这也仿佛一个人在戒酒时从一天常喝到只是吃饭时才少喝一些；而直到最后才滴酒不沾，彻底戒除。当然一个人在这件事上如若毅力非凡而能一举而将他自己解救出来，那当然是再好不过：

Optimus ille animi vindex laedentia pectus
Vincula qui rupit, dedoluitque semel.[2]
［想自由吗？那便将你胸头坚索
一下打碎，从此你会再无束缚。］

另外，一句古老的说法也确实言之不妄，那即是，纠正扭曲之天性也正如纠正扭曲之木头，其矫枉必须过正，亦即从其处于某一极端之枉，强拉至另一极端之枉，只需那另一极端不是恶事。这其中每次的间歇都将有利于那每次的锻炼。而一个进入此锻炼的人若非自己十全十美，那便不但他的长处须加锻炼，便连他的错误也未尝不该加以锻炼，以便这二者在他都将成为习惯，而要做到这点，则舍此适时的间歇法，便无

[1]一种缓和怒气、稳定神经的做法。

[2]来自纪元前一世纪罗马诗人奥维德（Ovid）的长诗《爱的药方》第5章293行。

由取得。但另一方面，一个人对战胜其天性一事也不可自信过高；因天性这东西尽管可以被铲除掩埋相当一段时期，但一遇场合适宜，引诱当头，很难保险它不会又死灰复燃起来。这正仿佛《伊索寓言》中的那名小姐那样，她本是由猫变的，后来坐在餐桌上时也挺有模有样，淑娴端静，但不久一只老鼠跑过，便终于现了原形。因此一位励志于改变自己的人对上述这类场合或者便全然躲避不去，或者便故意常去多去，也许反而会少受影响。

一个人的天性最易察之于其隐居独处之时，因彼时一切自然而然，较少有所掩饰；最易察之于其忿激动怒之时，因彼时他会置一切格言教导于不顾；最易察之于新的环境与尝试之时，因彼时少有成规先例可循。

一些其天性与其职业恰相吻合者则可谓幸运的人；否则他们很可能会说，multum incola fuit anima mea［我长期是游魂一个，飘泊不定］[1]，如若他们对一向所致力的事务并不喜爱。在治学上，不论一个人如何能控制他的个性，还是给他自己规定下一定的时间为好，但如果天性适合，这类规定即无必要，因为他的思想会天然地跑到那里面去，其他事务或学习的一些空隙都能供他充分利用。

人的天性不成香花便成毒草，因此他必须对那前者不时浇灌，对那后者不停铲除。

[1]语出《旧约·诗篇》第120章第6节。

谈孤独的生活[1]

〔英国〕哈兹里特

离乡远去，举目无亲，郁郁不乐，行动迟缓，

或受懒人谢尔特的影响，或受流浪汉坡的感染[2]。

我从没有获得过比现在写这篇文章时更好的地点和更好的心情了。晚餐准备有鹧鸪，壁炉里火烧得正旺，今年的天气照季节说来还算暖和，目前还剩下足足3个小时，因此我提起笔来试作这个题目。现在立刻就写跟一个星期后再动笔并没有两样。

如果说写这个题目不是件容易的事，那么这个题目本身

❶1821年元月18—19日作于温特斯洛小屋——原注。

❷哥尔德斯密斯《旅行者》开头两句。

就是件更困难的事。要保证获得别人的赞赏，就需要不厌其烦地付出努力；要使自己对自己的思想感到满意，则需要付出更大的努力。我眺望窗外那片光秃秃的辽阔荒原，透过雾蒙蒙的月光瞧见温特斯洛上空的树林在随风摇摆，

圣坛般的苍穹被雨夹雪所遮蔽，

这时我的心便腾飞起来，跨过极其漫长的岁月，想起当年唯一支持我的只是耐心的思考和暗中对真与善的渴望，因此对于眼下要写的感想未免觉得茫然不能理解。但我知道这并不会促使我在倾诉这种感想时能让读者觉得更为惬意。

格兰狄生夫人[1]在给哈里叶·拜仑小姐的信中向她保证说"她的兄弟查理士爵士过着孤独的生活"；不久以后L.夫人也重复了同样这句话（因为理查逊对于好事是从不感到厌倦的）。拜仑小姐在给她两姐妹回信时也常常这样讲，"你知道查理士爵士过着孤独的生活"，到后来这句话在女士们的通信中终于传为话柄。然而这个例子并不是我所理解的过孤独的生活，因为查理士·格兰狄生爵士的确老在想他自己。但这句话的意思，我根本不是指只想个人自己，而是说简直就像不存在这么一个人似的。我所谈的这种人物并不十分像利己

[1]这是英国18世纪小说家理查逊(Samuel Richardson，1689—1761)的小说《查理士·格兰狄生爵士的历史》中的人物；下面几位也是该书中的人物。

主义者，而理查逊最心爱的人物倒正是这种人。一位讽刺批评家描述查理士在乐土[1]里“弯着腰亲吻格兰狄生夫人(当初的拜仑小姐) 那只枯萎的手”——其实该描述他弯着腰亲吻他自己的手才对，因为他从不钦佩任何人，只钦佩他自己，他是他自己盲目崇拜的上帝。我说过孤独的生活也不是指隐退到荒无人烟之地(像古代的圣者和殉道者那样)给野兽吞噬，或隐藏在洞穴里被人视为隐士，或爬上柱子或岩石顶端做出狂热的赎罪苦行，让所有的人亲眼目睹。我说过孤独的生活是指生活在世上，置身于世人当中，而不是其中的一员；好像没有人知道有这么一个人一样，而你也巴不得没有人知道；就是说当个沉默的旁观者，观看世上各种惊心动魄的事件，而不当个受人瞩目或引人好奇的对象；对世界上发生的一切都怀着急切的兴趣进行思考，但丝毫没有要去参加或干预的意图。这样的生活就是人们想象的纯粹的精神生活，这样的兴趣就是这种生活对各种事态所能表现的一种兴趣。这种生活是平静的、沉思的、消极的、冷淡的；对世人的悲哀它感到怜悯，对他们的愚蠢行为它觉得好笑，而心里绝无怨恨；它分享他们的爱情，但不为他们的激情所苦恼；它不寻求人们的注意，更不让自己被人瞥见。一个人明智地过着只跟自己的心厮守一起的孤独生活，就能透过退隐的小孔窥视这个忙碌的大世界，而不必卷入人世间的争吵斗殴。“他听见喧哗闹

[1]乐土(Elysium)：希腊神话中死者享福的地方。

嚷，却安然不动。”他没有能力改变这种局面，更不愿意把事态弄得更糟。他在大千世界看见许多足以令他感兴趣的事物，但他并不挺身而出企图做他力所能及之事，好让世人的眼睛都紧紧盯着他。这种企图是枉然的啊！他阅读行云；他观看繁星；他注视四季的轮回更迭：秋天到了，落叶满地，春天到了，空气芬芳；听见身旁矮树林鸫鸟的啼鸣，他就惊喜不已；他坐在炉火旁，倾听寒风的呼啸，深思某本书的内容，或进行严肃的谈话，以消磨寒冷的时光，或用愉快的思绪把小时消融，化成一分一秒。与此同时，他也致力于其他事情，连自己也给忘掉。他欣赏某个作家的文笔，而自己并不想成为作家。他喜欢在房间里观看古画的复制品，而并不勉强去临摹它。他不会由于竭力要成为另一种人或做他力所不能之事而使自己烦恼得要死。他几乎不知道有干什么事的能力；对今后能否在世界上大显身手，他一点儿也不操心。下面的诗句他认为蕴涵着道理——

一个人总是把目光注视着自己，
他当然算不上是大自然的作品；
他还会招致智者的蔑视，
尽管智慧从不认为蔑视合理。

所以，他把目光从自身转移到广阔无垠的大自然景色上，他的兴趣也越过狭隘的个人抱负而扩展到整个人类。他像空气一样自由，像风一样独立不羁。一个人若开始首先考虑别人如何议论他的话，那他就活该倒霉。当一个人对自己和自己的聪明才智感到心满意足时，一切都平安无事。当他上台扮演一个角色，并企图说服世人考虑他胜过考虑他们自己时，他就踏进了一条歧途，在那里只能遇到荆棘和蒺藜，恼怒和失望。关于这一点，我不妨多说几句。我一生中多年来没有做事，只在沉思默想。我没做其他的事，只是解决一下某个难解的问题，或钻研一下某个深奥的作者，或翘首仰望天空，或在海滩的沙砾上漫游——

> 看孩子们在海边打闹嬉戏，
> 听大海奔腾翻滚永不停息[1]。

我什么也不在乎，我什么也不需要。不管生活中发生什么事，我都能从容不迫地进行考虑，我用不着急急忙忙对问题作出诡辩式的回答——因为没有印刷所的学徒等着取走我的稿子。我也许半年里只写那么1—2页。记得著名的实验主义者尼科尔森曾告诉我，他20年来已写了8开本的书300卷之多，我听了不禁开怀大笑。我既然不是伟大的作家，那就不妨永远怀着新鲜的喜悦心情从事阅读，“永无终，总是在

---
[1]华兹华斯《永生颂》。

开始”[1]，而且读完以后也没有撰写书评的必要。我既然不能像克洛德那样绘画，那就不妨在出门之际欣赏“淡蓝天空的神奇变幻”，这给我带来的快乐已使我心满意足了。我如果显得单调乏味，那也不会令我担心。我如果心里高兴，就听任自己纵情快乐。我祝愿世界上一切皆好，并尽可能以好意信任这个世界。我仿佛是一个置身异国的陌生人，怀着惊异、好奇和愉快的心情注视一切，但不期待大家作为回报把我也变成注意的目标。我跟国家没有关系，没有必须履行的义务，我没有跟别人攀亲结缘，因为我既没有朋友，也没有情妇，既没有妻室，也没有儿女。我是生活在一个沉思的而不是行动的世界里。

这种梦也似的生存是再好也没有了。一个人放弃这种生活而去追求现实的东西，往往就是牺牲安宁而去换取不断的失望和徒然的悔恨。他的时间、思想和感情就会不再由他自己支配。从那时起在浏览大自然的景物时，他就看不清本来面目，而是斜着一只眼瞧它们，看看能否变成他的野心、利益或作乐的工具。就一个坦率、无预谋、无伪装、性格质朴的人而言，他的观点就会变成带偏见、怀恶意，且具两面性的了。他对世上的伟大变化不再进一步感兴趣，除非变化里显然有他的份儿在内。他不是向光辉灿烂的大千世界打开他的感官、他的领悟力和他的心，而是拿一面被歪曲的镜子放在他面前，为的是欣赏他自己的面庞和自命不凡，同时还向旁边

[1] 德莱顿《亚历山大的宴会》。

一瞥，看看有没有其他人也在对他大加赞赏。他生活中再没有一种印象是“千差万别的事物”给予他的，并且经过他沉思的习惯所综合整理出的印象，而只有一种狂热的感觉，认为他已经飞黄腾达，很了不起了。为了巩固自己的地位，他变成舆论的奴仆。他成了工具，成了那永不停息的机器的一个组成部分。随着机器的不停运转，他觉得头晕目眩，很不舒服。他除非看见公众的目光里反映出他的形象，除非听见公众的耳边不断谈起他的名字，否则就不会心满意足。他样样事都要亲自插手，样样事都搞得一团糟。我真不知道拿破仑看见自己的大名张贴在整个卢浮宫乃至整个法国会不会感到厌烦。在荷兰，哥尔德斯密斯（正如众所周知）带着几位漂亮的英国女人出现在阳台上，并受到旁观群众的喝彩时，他转过身来怒冲冲说道：“总有地方我也会受到崇拜的。”他无法让作家虚荣心的贪婪胃口得到一天的休息。我曾看见我们当代一位著名的健谈家忽然脸色发白，立刻走出房门，原来这时有个卖弄风骚的姑娘走进来，一时间分散了他的听众的注意力——这种只因企求引人注目而受到屈辱的情况是不胜枚举的，而招致失败的情况也是不计其数的，尤其更厉害、更令人恼怒的是成功时的风云变幻，以及随之而来的痛苦——

向成功的峰顶攀登，

必然会跌倒在地；或因道路太滑，

那惧怕的心理也与跌倒无异。

“上帝啊，”奥利弗·克伦威尔每逢在国会遭受挫折时就慨叹道，“我宁愿始终待在林场照看羊群，而不愿让人家拉进这么一个政府里去啊！”当拿破仑坐进马车，开始他远征俄国的征程，手里漫不经心地搓捻着手套，口中唱着“马尔布鲁克现在出征去打仗”[1]的曲子时，他并没想到会摔个空前未有的大跤，而这一次震惊，除他以外，恐怕谁也是经受不住的。我们经常看见和听见的人物多半都是命运之神和缪斯的宠儿、伟大的将军、一流的演员、著名的诗人。这些都是拔尖的人物，他们所处的光辉的杰出地位教我们艳羡不已，因此我们也渴望去干那同样的诱人的事业——可是没想到：有好多不满意的领半薪的副官们为了谋取晋升白白地干了一辈子，而且不得不忍受“官吏的横暴和费尽辛勤所换来的小人的鄙视”[2]；有好多半饥半饱的流浪演员命定了穿着褴褛的袍子在乡间过贫困不堪的生活，直到临终仍梦想有人雇他去伦敦演出；有好多可怜的蹩脚画家像患疟疾似的在希望与恐惧的交替中索索战栗，他的才能日益衰退，身体也变得枯瘦憔悴，要不他就会变成制图师傅、图画清洁工，或报纸评论员；有好多

---

❶这是一首法国古老歌曲。

❷莎士比亚《哈姆莱特》第3幕第1场，见《莎士比亚全集》(9)，人民文学出版社，1978年版，第63页。

不幸的诗人徒劳无益地向缪斯倾诉他们的心灵，他们的诗除了刊登在乡村小报的"诗人之角"外，从来不为外人所知晓，因此他们用无可奈何的渴慕的眼睛朝那令人妒忌的天边望呀望呀，那里就是他们在本地的名声的边界线啊！——举个例说吧，假设有一个演员在遭受"心头的创痛，以及其他无数血肉之躯所不能避免的打击"❶之后，果然登上了戏剧舞台的顶峰，那他就不能容忍竞争对手接近他的宝座。他要是处于第二位或仅仅与别人平起平坐，那他就是微不足道的了。他由于一开始就向往着成功者的远景，所以他那痉挛的手抓住了那个模拟权杖死死不放；也许在他对长期以来觊觎的首席地位正要抓到手的时候，一个未曾预料到的竞争对手抢在他的前头夺走了桂冠，留下他去重新开始那累人的劳动。他每次看到一个新演员亮相，或风闻他要亮相，就惊恐万状。在他看来，"老鼠在猫的耳朵里安家"才能太平无事。对不欢迎他的每个暗示，他都感到害怕，对夹杂着责备的称赞尤其不能原谅，因为怀疑他就是侮辱他，歧视他就是贬低他。对评论文章他几乎不敢细看，除非有人事先为他品尝过，看看里面有没有攻击性的言论。他每晚出场要是不能吸引观众满座，那就吃不下饭，也睡不着觉。如果这些痛苦统统消除掉，而他也能"心平气和的用餐"的话，那他就会陶醉在喝彩声中，并且

❶莎士比亚《哈姆莱特》第3幕第1场，见《莎士比亚全集》(9)，人民文学出版社，1978年版，第63页。

还不满足于他这一行。他需要成为另一种人，需要大显身手去当个作家、收藏家、精通古典的学者、有头脑有消息的人士，他这时说话对每个词儿都要掂掂分量，话刚要出口，马上又收回，免得万一有一丝说走嘴的地方，人家就会在外面闹哄哄地议论：某某先生的聪明不过是演员的见解而已！假如有这么一个人，他为了虚荣所吃的苦头并不如他获得的快乐为多的话，那么这个人，如卢梭所说，不是别人而是个傻瓜。在汤顿附近有一个乡村绅士，他以毕生精力临摹了好几百幅二流画的蹩脚摹本。他去世时这些摹本被一位住在附近的从男爵全买去了，因为

魔鬼悄声对他说，L——，发挥你的鉴赏力吧！

一幅题名《小威尔逊》的画放在阴暗的屋角里，这位美术鉴赏家没注意到，被布里斯托尔的一位画商仅花3个畿尼[1]就买走了，而宅第主人临摹的那些糟糕 的画（带画框）每幅索价却达30、40、60，乃至100个畿尼。我的一位朋友发现有一幅十分精美的卡纳勒托[2]的画被奇怪地涂改得面目全非，天空的上半部全被抹去，给异想天开地涂上英国式的云彩，于是询问

❶畿尼（Guinea）：英国从前的金币，1个畿尼合21先令。

❷卡纳勒托（Canaletto，1697—1768）：威尼斯画家（作者将姓名误写为Canalatti）。

该画的主人是否涂改过这幅画，回答是："附近有位绅士是个大画家，他曾对它重新润色过。"真是昏聩糊涂啦！然而，这位候补绘画大师要是当时遵从大自然和命运打算要他做的事，那他很可能早就成为一名快乐的猎狐能手或是体面的保安官了。又有一位某某女士在英格兰西部的某某小镇上的剧团当演员。无论别人怎样劝她，她都执意不肯离开舞台。她的工资被削减，她的相貌举止被人讥笑，她的演技也受人嘲弄。可是一切都无济于事——她拿定主意要当演员，而不屑于重操旧业又去当卖帽子的店员。我再继续谈下去，好吗？那剧团里还有一位男演员，他因疟疾发作，本地的一位药剂师去他住处为他治病。药剂师向房东太太探问他的生活方式，她回答说那可怜的先生很安静，不给人添麻烦，还说他晚餐通常吃一盘土豆泥；他大部分时间都躺在床上，口中背诵着台词。有一对年轻的情侣，从各方面看都是和蔼可亲、值得尊敬的人。他们准备举行婚礼，驻扎在此地的一个团的军官们请剧团为他们举办一次义演，筹集款子来支付结婚证书和结婚戒指的费用。然而那晚演出的收入并未达到必需的数额，这一来他们恐怕是"开创了一个先例"吧！但愿霍格思[1]或威尔基[2]能拿起笔画一幅《秘密结婚图》，把某某小镇的剧团那种严阵以待，准备发挥喜剧威力的场景描绘一番，附带再把堂厢、包

---

[1]霍格思(William Hogarth,1697—1764)：英国画家。

[2]威尔基(Sir David Wilkie,1785—1841)：苏格兰风俗画家。

厢、走廊等处也勾勒一笔，目的是为了彻底治好我们的毛病：爱想入非非，渴望在众目睽睽之下出风头、度假期，而不肯退隐，反求诸己，把思想和愿望关在家里！——即使在日常生活的小事，在爱情、友谊和婚姻里，当我们把幸福托付在别人手里的时候，我们得到的保证是何等微小啊！我曾见到许多原先的朋友后来大多数都变成不共戴天的仇敌，或成为冷冰冰的、局促不安的相识。老朋友好比频频端上桌的佳肴，由于次数太多，以致失去了它们的滋味和有益身心的好处。一个人如果看见美人儿只是欣赏她，崇拜她，而对她的神奇的力量则只在小说、诗歌或剧本中去体会，那他并非是不明智，可是千万别让他堕入情网，因为从此刻起他将成为"女人手中的婴儿"。我非常喜欢反复吟诵《米兰多拉》[1]一剧中如下的诗句——

她沿走廊行走，风姿多么绰约！
活像一头未满周岁的小鹿！
神态却更庄重。听！她的步履
不声不响，更无最轻的回声；
她的一举一动这样寂静无声
显得多么神圣。

---

[1]《米兰多拉》(*Mirandola*)系19世纪英国作家普罗克特(Bryan Waller Srocter，1787—1874)的一部悲剧。

可是，不管描写得多么美，请保护我莫要遇见她本人吧！

苍蝇吸吮了蜜糖，

它会被甜味儿弄得晕头转向；

男人品尝了女人，

他会落得身败名裂，一事无成。

这首歌是盖伊[1]的作品，不是我的，它蕴涵着又苦又甜的思想。在不可胜数的娶妻的和嫁人的男男女女当中，真正宁愿跟自己的意中人结合而舍弃人间的一切，这种人是多么少啊！不仅如此，那些仅出于利害的盘算、偶然的事故、朋友的介绍，或更为常见的，由于害怕婚姻大事，由于相互的矛盾，以及由于致命的痴情颠倒而凑合起来的夫妻，他们占的比例又是多么大啊！然而，婚姻是终身的结合，若要摆脱这种关系，就要蒙受耻辱或等到死亡。因为一个人不再是孤独的生活，而是不由自主地把身体（以及心灵）跟别人捆绑在一起了——

像生与死那样极不协调地配合相遇。

因此，弥尔顿（也许是根据他亲身的经验）教亚当在极度的绝望中感叹道，

[1]盖伊（John Gay，1685—1732）：英国诗人、剧作家。

因为，要么，
他将永远找不到合适的配偶，
他的选择只是由于不幸或错误。
要么他最中意的女人性情乖张，
他将得不到，却眼看更不如的家伙弄到手；
女人如果有情会受到父母的阻拦；
他跟最幸福的选择相逢为时已晚，
佳人早跟凶恶的对手——他的憎恨和羞耻——
结成良缘。这样就会给人的一生带来
无穷无尽的灾难，让全家的安宁遭破坏。

假如一见钟情是双方共同的，或是得到了亲切的回报；假如最尊贵的感情不是经常遭受冷遇和鄙夷而让人心寒；假如许许多多情郎在《唐吉诃德》里那个疯子之前或在他之后未曾"向顽石恳求，和飘风赛跑，在无人的荒野里呼吁"❶；假如友谊会天长地久；假如功绩就是名望，而名望就是健康、财富和长寿；假如世人敬重的是那些自觉有价值并把真正追求完美作为抱负的人们，而不是华丽的招牌和外表的服饰；那么我也许会认为跟别人共同生活比孤独生活要好；可是照目前的

❶见杨绛译《唐吉诃德》(上)，人民文学出版社，1978年版，第92页。

情况,我却倾向于相反的看法[1]。

我没有爱过这人世,人世也不爱我;
它的臭恶气息,我从没有赞美过,
也未曾向它偶像崇拜的教条下跪,
没有强露欢颜去奉承,应声吹捧;
因此世人无法把我当作同类;
我不是他们之中的一个,虽厕身其中;
我的思想和他们是全然不同。
要是没有玷污自己的心,屈辱了自身,
那么,我也许至今还在那人海里浮沉。

我没有爱过这人世,人世也不爱我,
但是让我们漂漂亮亮地分手吧;
即使没亲眼看到,我相信许多事并非虚妄,
世上的确有希望,不骗人的希望,
也有真正的道德,慈悲的心肠,

---

[1]申斯通和格雷两人,一个是假装过孤独的生活,一个则是真的如此。格雷躲开社会的目光(他甚至不愿把他的相片印在他的作品上,而把自己隐藏在沉思和无所事事的冥想里。申斯通假装幽居独处,以期世人来寻找他)。前者喜爱隐居是为了享受闲暇和憩息,而后者则只是为了有客人的经常访问和不见面的朋友的恭维来打断这种生活——原注。

申斯通(William Shenstone,1714—1763):英国作家。

格雷(Thomas Gray,1716—1771):英国诗人。

不肯编织陷害懦弱的人们的罗网，
我也相信真有人为他人而深深悲伤，
真有那么一两个表里一致的人，
善良并非空话，幸福也不是梦影[1]。

甜蜜的诗句可以抚慰愤世嫉俗者那颗尖刻的心，可是谦卑的散文作家要是胆敢跟世人交换意见，或痛斥他们的撞骗行径，那他就要倒霉。

如果我有充分的理由责骂公众，就像本·琼生[2]生其剧本序言里骂观众那样，我想我就要使用相当固定的词句，内容大致如下：——再没有比公众更卑鄙、更愚蠢、更畏缩、更可怜、更自私、更忌妒、更忘恩负义的动物了。它是最大的懦夫，因为它害怕自己。它笨重的身体长得太大，所以对它稍为有点反抗，它就惧怕不已；稍为触动一下，它就像鱼胶那样颤抖不停。看见自己的身影，它就吓一大跳，好像一个人走在哈尔茨山上一样。听见人家提及它的名字，它就浑身发抖。它有一张狮子的嘴，一颗兔子的心，耳朵竖得笔直，眼睛睡意蒙眬。它站着“倾听自己害怕的东西”。它对自己要表达的意见感到非常畏惧，因此从来不敢形成自己的意见。它生怕自己的判断力落后，所以就把首先出现的无聊谣言抓住，而且随声附

[1]拜伦《恰尔德·哈洛尔德游记》，第3章，第113、114节。
[2]本·琼生(Ben Jonson，1573—1637)：英国剧作家、诗人、批评家。

和,直到被自己的声音震得耳朵发聋。一想到大家会有什么看法,这就阻碍它进行任何思考,它会像中邪一样根据个人的判断行事,这一来,简而言之,公众的耳朵就是受第一个厚颜无耻的妄想者所支配的了,他故意向它灌输那闹得最响的主张,或虚假的猜测,或秘密的私语。一个人说的话,全体都听得见;假设一件事为全世界所知晓,那就会促使全世界都相信;空洞地重复一件模糊不清的事是会淹没理智的"细小微弱的声音"的。我们也许相信或知道那些话不是真的。可是我们知道或以为别人相信,所以不敢起来反驳,或懒得跟他们辩论,从而放弃了我们内心的——我们以为是孤独的——信念,听任那种没有实质、没有证据,而且往往也是没有意义的声音四处传播。不仅如此,我们也许不但相信和知道某桩事是假的,而且别人也同样相信和知道这是如此,他们和我们一样了解那骗人的真相,他们看见傀儡的活动,而且懂得那机关的奥妙;然而任何人若利用手腕或势力去操纵那机关的话,他准会用一句假话或绰号把公众的耳朵占领,并且会厚颜无耻地、死乞白赖地硬要全世界相信和重复举世皆知是假的东西。用耳朵听总比下判断要快些。当我们知道某些事情已经讲出去之后,单凭这一点我们就明白这些事对一些人的想象必然会产生一定的影响。我们机械般表示同情而迁就他们的偏见,因为我们缺乏表示不赞同的足够精神。所以,舆论就像社区里的那种共同思想和感情一样,远不是建立在广阔坚实的基础上。它是极其脆弱、极其肤浅、极其多变的——一时吹胀的肥皂泡。因此我们可以满有把握地说：公众是舆论的产儿，而不是舆论的生母。公众还是优柔寡断、胆小怕事的，因为它很软弱。它知道自己是个大笨蛋，它的舆论不过是根据示意而来的意见。但是它不愿意以管教者的身份亮相，却要求人家认为它的决定不但是重大的，而且是明智的。它匆匆忙忙物色它的宠儿，却更加匆匆忙忙把他们撇开一边，以免别人说它这样做或那样做皆是缺乏明智之举。一般说来，它分为两大政党，彼此都不允许对方具备普通常识和普通诚实。它阅读《爱丁堡》杂志和《评论季刊》，对两家杂志的观点都相信——要是有所怀疑的话，它的恶意就会起决定性的作用。泰勒和赫西告诉我，《莎士比亚戏剧人物论》[1]一书3个月左右就几乎销售了两版，但在《评论季刊》对它进行评论后就从此未售出一本。公众既然有见识，就必然明白那攻击的用意何在，以及干此事的是谁。因此，促使他们放弃自己意见的并不是他们的无知，而是他们的怯懦。《爱丁堡》杂志有一帮恶毒的批评家曾把伦敦派这个头衔戴在一两位出生于首都的作家头上，结果所有伦敦人都不敢阅读他们的作品，生怕自己也会被戴上伦敦派的帽子。啊，多么勇敢的公众！这个头衔对其中一位作家来说实在无法忍受，它像一把装倒钩的利箭插进了他的心脏。可

[1]这是哈兹里特1817年出版的一部著作。

怜的济慈[1]！京城里那些人感到开心的事对他却是致命的打击。他年轻、敏感、脆弱，他好像是

> 一朵蓓蕾，尚未凌空展露芬芳的叶片，
> 或向太阳贡献自己的美艳，
> 就被忌妒的害虫摧残。

他受不了恶棍的号叫和白痴的狂笑，所以只得离开故土，而在异国他乡咽下最后一口气。公众是满怀忌妒的、忘恩负义的，还如它是愚昧无知的、温顺服从的一样——

> 一个硕大无比、不知感激的大怪物。

它阅读，它欣赏，它称赞，仅因为这是时髦，而不是因为它喜爱某部作品或某个作家。它吹捧你或贬低你只是出于一时任性和反复无常。要是你使它高兴满意，它又会由于不由自主地承认你的功劳而怀疑自己，所以它就首先抓住机会找个拙劣的借口和你争吵，从而又跟你处于平等的地位。凡是对小事吹毛求疵的人都树立为法官，凡是搬弄是非者说的话都毫无保留

---

[1]济慈1818年发表了《恩祇弥翁》一诗，标志着诗人发展过程的一个转折阶段。恶意的批评家们对该诗大肆抨击，并对诗人戴上侮辱性的帽子，称他为“伦敦派”(Cockney School)。1820年济慈因病去意大利，次年在罗马逝世。他的死因固然是由于肺病，但是评论家们的辱骂攻击不能不是一个重要原因。

地相信,凡是渺小、卑贱、微不足道的家伙都张口结舌,莫名其妙,只因为别人在这样做,这时发现你(如他所想的)跟他不相上下,他就感到很高兴。毕竟,作家并不是另一阶层的人。公众的同声称赞是迫不得已,是违反他们本意的。公众的同声大骂倒是出于真情实意,因为人人在骂声中都感到自己的重要性。他们捆住你的手脚把你交给控诉你的权势者手中。你如试图为自己辩护,那就是犯了大罪或行为不端。你如证明每项罪状都是无中生有,他们也绝不会回忆起他们的错误或向你认错赔罪。那样做会损害他们的尊严,他们会以为自己是受害一方,并对你的清白无辜感到忿恨,认为这是对他们判断力的诋毁。大名鼎鼎的巴布·多丁顿[1]在宫廷失宠之后说过:"他不愿在国王面前为自己**辩解**,因为这样做会使国王不高兴,还会使他相信自己是错了!"公众是不会如此谦虚的。有人已对苏格兰小说议论开来,说是赞扬这些书赞扬得过分了。这样看来,普通作家如何才能免遭灭顶之灾呢?按照惯例,凡要依靠公众谋生的人都得忍饥挨饿,此外还要被人视为笑柄,成为经常性的笑料。后世子孙也不见得更好些(一点儿也不更开明或更慷慨),除非你已经不再受他们的控制,而且你在人们中享有的名声使他们在决定满足你的要求时省却了他们的麻烦。现在

---

[1]巴布·多丁顿(Bubb Dodington,1691—1762):英国一位趋炎附势的政客,死后曾匿名发表他的《日记》,揭发英国贿赂政治内幕(作者将姓名误写为Bub Doddington)。

的公众就是弥尔顿和莎士比亚时代的后世子孙。我们的后世子孙将是未来一代的活着的公众。一个人去世的时候，人们把钱财放进他的棺材，为他建立纪念碑，并为他的诞辰举行纪念会，发表固定格式的讲话。此人在世时，人们会对他表示关切吗？不！——我曾向一位苏格兰人抱怨过此事，他刚从宴会上回来，会上曾为修建彭斯[1]纪念碑捐了款。他回答说他宁肯为纪念碑捐赠20英镑，也不愿彭斯在世时赠送给他；即使诗人复活在世，他也会像当时实际上待他那样对待他。这是一位诚实的苏格兰人。他所说的，其余的人全会照办。

够了：我的灵魂，转身离开他们吧，让我"远离了纷纭的斗角"[2]，到我退隐的角落，或到遥远的地方，竭力恢复我心爱的那种隐匿的、清静的生活吧！在后一种情况下，我也许会从博林布罗克[3]《流放的感想》中选出一段话携带在身边作为一种慰藉。作者在书中以绚丽多彩的笔触描绘一个人可以永远在自身中找到的、而不能被世人剥夺的排遣良方。这段话原文如下——

相信我的话，上帝的意志创立了这样一个世界秩

[1]彭斯（Robert Burns，1759—1796）：苏格兰大诗人。

[2]英国诗人格雷《墓畔哀歌》第73行，原诗为"远离了纷纭人世的钩心斗角。"

[3]博林布罗克（Henry Bolingbroke，1678—1751）：英国自然神论哲学家、政治家和政治活动家，托利党领袖之一。

序，凡属我们的一切，只有那最无价值的部分才听从别人的意志支配。凡是最美好的事物就最为安全，它位于人的权势所达不到的地方，它既不能赐予，也不能夺走。这就是大自然的伟大而美丽的作品——这个世界。这也是人的心灵，它可以观察和欣赏这个世界，它是这世界的一个最高贵的组成部分。这些都是不可分割地属于我们的，只要心灵始终存在，我们就能享受这个世界。因此，不管人间的意外事故把我们引向何方，我们都应当英勇无畏地迈步前进。不管那意外事故把我们带往何方，不管我们被抛弃在何种海滩上，我们都绝不会是人地生疏的。我们将感受到同样的季节更迭，而同样的日月将指引我们岁月的行程。不论在何处，我们抬头就能望见同样的碧空点缀着亮晶晶的繁星。在世界任何地方，我们皆能欣赏到天上行星像我们地球一样，沿不同的轨道围绕着同样的中心——太阳运转不停。我们还能发现一种更为壮观的景象，大群恒星高悬在浩瀚无垠的宇宙太空中，不可胜数的太阳照亮着并抚育着围绕它们运行的未知世界。当我陶醉在这样沉思冥想的时候，当我的灵魂因此而上升至太空的时候，我的脚踏在什么样的土地上于我就无关紧要了。

沙铭瑶　译

入世思源

〔加拿大〕玛克丽特·劳伦斯

此文撰写于1971年，当时我正动笔写我的小说《预言家》。现在，我明白，我当时是用它来作为确定小说主题的又一种途径。这一主题即，一个人的祖籍应该是哪里？为什么？祖先——远古祖先及记忆中的祖先——对一个人本身意味着什么？直到我重读这些文章，我才意识到在用这主题写小说之前，我已经对这一主题写了如此之多；同样，我才意识到我是多么情不自禁地写了那条河流——出现于小说中的也是那同一条河流。

那可是个奇壤妙地，我的入世之地。那地方，怪事迭出，不可思议，气象万千，启迪人生，令人绝望，宛如孤寂冥府，坟茔遍布；那地方，葬着无名死者，幽魂迷漫；那地方，欢腾且凄切，恐怖却优美。

其实，那是大草原上的一座小城。

在地球上，我首先认识，且多年来唯一真正认识的是那个定居点和那块土地。在某一深刻的意义上说，它们依然是我的天地，依然引导着我的观察。我的眼光是在那里形成的。像我们那样的城镇，镶嵌在浩瀚的大地上，千遍万遍地被描绘成阴郁沉闷、萧瑟凄凉、平淡无奇、索然寡味的地方。人们常说，乘火车横跨加拿大旅行，景色壮观，可惜大草原则没有什么看头，这时候，睡上几天觉，直到熬过这平野淡景，这倒尽如人意。这种话，我都听腻了。我总辩不过这一论点，我只好说：那么，你可真得住到那里去，了解那地方。我孩提时生活的那座城镇的那片土地也可说是气候恶劣，严冬酷暑，骤寒暴热；然而，绝不只是平淡无奇或索然寡味，也丝毫不阴郁沉闷。

冬天，我们常搭在送牛奶的雪橇后面，双脚着鹿皮靴，咯吱咯吱地滑行在车辙累累的坚硬的冰雪道上；双手戴结了冰珠的连指手套，牢牢抓住雪橇御者的座沿。伯特用他那洒满冰霜的大胡子朝我们扮扮鬼脸，吆喝着马飞奔起来，看我们敢不敢继续滑。清晨，起床来，窗上总会不断地出现迷人的羽毛般的冰霜，那隐身的“风”艺术家们在夜间绘下了羊齿植物、花朵和怪诞的脸孔。傍晚，溜冰归来，天空黑而不暗，从地平线这一端到那一端，群星闪烁着寒光，依稀可见。有时，你愕然瞠视着北极光掠过夜空，犹如上帝在苍穹画了个花押。一场暴风雪之后，雪犁尚未扫完雪，学校估计城里的青少年不可能步履艰难地踏着五英尺深的雪地去求学，当日便停了课，那时，我们总是兴高采烈，套上雪鞋，蹒跚数里，来到白茫茫的荒漠上，寻求另一种知识。如果你入夜才返，穿过小城山脚下的树林，那阵子，白杨和苦樱桃黑色的细枝条上覆盖着冰霜，你时而听见草原上的狼嗥，也许这只是报丧般狼的号啕在你脑中作祟罢了。

夏日，炎热灼人。一遇天旱无雨，小麦还没抽穗就被晒得枯黄了。农夫和市民脸上常常没有笑容。后门屡有敲门声，年轻小伙子站在那儿，咕噜咕噜地、或是不管三七二十一地要水喝，如果你施舍得起，他们还会向你要三明治。你认为这是自然的事，因为这看起来根本就没什么两样。他们是乘货运列车来的，你从不知道他们来自何地，如果他们有落脚的地方，你也从不知道。干旱与萧条有如凶神恶煞常在那儿出没。你知其然，不知其所以然。

然而，外界天地的奇趣乐事接连不断。河边，长着白杨的悬崖旁，野百灵栖息在上，引吭高歌。我们曾发现一只平底方形旧驳船，将它推入水中，手握篙子沿褐色浅河道撑着。我们急急忙忙地嚼碎一团团留兰香草，用来修补驳船。在越变越窄的河道两岸，黄色的万寿菊生长繁茂，盘结交错，驳船陷于其中,进退两难。这时,我们的皮肤经太阳一晒,浑身燥热,散发出一股尘土味来。

我最好的朋友住在“主街”(它的真名是“山大道”,谁也不知道为什么这样叫)商店楼上的一间公寓里。那公寓优雅别致,饰有品蓝色天鹅绒窗帘。后屋顶是波浪形的白铁皮,几乎一点儿也不倾斜,七月的午后,热得像火炉。我们总坐在那儿,喝着柠檬水,俯视着偏僻小巷对面的消防大厅。有时,我们的警戒没有白搭。哦,痛快!有人的房子烧着啦!我们在某些方面几乎是十足的铁石心肠。接着,木塔上的青铜钟敲响了,钟声沉闷,好似瘟疫流行时节上千个葬礼草草举行,丧钟急鸣。几分钟后,高大的黑马队隆隆疾驰起来,马队拖着消防车,消防车就像哥特人绯红色的战车。消防队员一只手攀在车上,一边将消防帽戴正。

那地方的奇人怪事层出不穷。有位上了年纪的妇人常用苏打饼干作为午后茶点来招待别的女人,她的苏打饼干总是涂有花生酱,还粘有一整块果汁软糖。比起蛋片三明治来,有人认为这种东西有点古怪,就一致在背后议论她,但是,没人推辞过这些佳点,也没人对她说他们认为她吃力不讨好。另一位女人把自己的头发染成鲜艳明快的橘红色,陌生人在二十步开外常把她的头发误认为一顶羽毛帽子。我亲爱的继母围着一条银色狐皮围巾,是一整张狐皮做的,上面还带有涂了香料防腐剂的(?)头皮。我的那位住在安大略的爱尔兰祖籍的祖父把芦笋叫做“麻雀草”，这个词更为有趣。城里的垃圾场称为“弃场所”，这一词语可以引起各种奇思。恰如我们人生的恶臭为人不齿，同时却微妙地威胁着我们定型的、有时是过分苛求的合乎道德规范的习俗。

一些古怪事物如俗话所说的“哈哈，滑稽可笑”！另一些则是“蹊跷极了”！有些呢，压根儿就不太有趣。有个老头儿，疯疯癫癫的，住在山谷的一间窝棚里。也许他甚至根本就没有那么老，可对我们来说，他似乎就是野麦修色拉[1]的化身，踉踉跄跄地穿行于矮树丛和高高的茅草中，呢呢喃喃地念着谁也听不懂的祈福咒语。他是一名记不起自己预言的预言家。城里人全认识他，却没人了解他，他生活在我们中间，似乎只是偶尔可见，转瞬即去。孩子们叫他安迪笨伯，但惧怕他。有人想证明他们有胆量，就欺负折磨他，这些人是中世纪的逗熊师，而那老头儿就是被逗得晕头转向的笨熊，双眼昏花，却是难得咆哮一声。一切事情都会在像我童年生活的那样的任何一座城镇里出现，贝尔森虽是个缩图，但着墨雷同。

我们大家都这样或那样地进行讥讽攻击。在小学，我们是脆弱而羞羞答答的女孩子，那些被人有趣地称为“家境贫寒”而为数极少的大龄女孩子。胆怯而被人瞧不起。她们言谈粗鄙，肌体更是粗贱。据说她们已当了妓女，可能她们早就当了妓女，这差不离是她们轻易可得的唯一职业。

---

[1]《圣经》中的千岁人，相传活了960岁。

死者也葬在那地方。不只那些用当地话说是“过世”的祖父母，那些古老相册深褐泛黄照片上表情阴郁、蓄着胡子或头戴软帽的祖父母葬在那儿；就是那些永远是十八九岁的叔叔伯伯也葬在那儿，公墓里我们家族的花岗岩石碑上刻着他们的姓名，而他们的骸骨却葬在法国。我年轻的母亲葬在那墓地里，葬在我们家族其他死者之旁。我十岁时，父亲仅四十，也离开了那生气盎然的城镇，加入了坟山上死者安息的行列。

我十八岁时，迫不及待地离开了那座小城，离开了大草原。当时，我并不知道我今生今世会把那块土地、那座小城装在脑子里，也不知道它们会成为我立意写作的主要动力和源泉，无论我居于何地，离得多远，情况总是如此。

这是我青少年时代生活的区域，在某种意义上说，从那时起，我一生始终在努力地观察它，在努力地适应于它。这必然会束缚思想，且有时已经束缚了思想，但却不影响想象创造力的发展。小城的情况是多方面的，但却从来不阴郁沉闷。

现在，我明白，加拿大的情况大体上也如此。究竟为什么加拿大数代人都假称他们确认这块国土阴郁沉闷？我们完全清楚地懂得情况并非如此。然而，长期以来，我们没有宣扬真实国情。如果我们所谓的爱国心高涨起来，这对外界人士，甚至对我国某些人（这有什么值得大惊小怪？）来说，似乎是怪异的，或是毫不相干的，他们可能没法去了解，多年来我们缺乏自尊。我们在山姆大叔和大不列颠两个主宰者的巨大阴影下生活。我们才刚刚开始看重我们自己,珍视我们的国土,信赖我们的能力;我们才刚刚开始承认我们的传统,实现我们的幻想。

这块国土该痛惜哀叹的方面确确实实是够多的了。当我看到工业废水污染我们的湖泊河流，我便感到激愤和失望;当我看到我们被美国接管的企业和自然资源日益增多,我便感到万分沮丧。尤其是,我们不能单单诅咒“该死的美国佬”。绝不该忘记:是我们自己,把如此之多的天生权利拱手卖掉,以换取一团混乱的受人摆布的所谓进步。我原来幻想,这里不可能、也不会出现压制现象。但是,在我目睹加拿大1970年实行《军事法条例》之后,我仅存的一丝天真幻想永远荡然无存了。诚然,在我心灵深处,且常常是秘而不宣之处,我始终懂得,凡事到处可发生,因为人类自由的种子与桎梏的祸根处处可见,就是在某个草原城镇的小天地里也一样。不过,我对我们的不公正,对我们的愚昧深恶痛绝。我就像对待自己的家庭那样,过去和现在始终如一地在书里写小城我所嫌恶的那些方面,写在一定程度上永远是我自己的那些方面。

这块国土仍然比别的国土更能吸引我。虽然我在非洲和英国居住过,但是,无论它们有多么美妙的地方,却不具有同样的感染力,比如说,不能像安大略南部地区那样打动我的心,去年夏天,我在那里的一条河畔上的一间杉木小屋里度过了四个月。我过去常常告诫自己说："识破加拿大人，你便会发现他们是冒名的开拓者。"尽管如此，我认为，我们并没有全然超脱红尘，这倒是真的，但愿我们可别脱离了尘世。我曾以为：我一生惧怕和怀疑城市，我因而变成了一种古板的怪人。现在，我的想法不同了。

那间小屋有扇长长的窗户，与前面的西墙相对。清晨，我常坐在窗前的栎木桌旁，观察着窗外的河流，眺望着远处高大的树木在晨曦中显得青翠金黄。那河水是古铜色的，阳光神奇地洒在河上，将近岸河底波状的沙滩映照在河面上。突然，有条鱼冒出水面，如一弯新月，还没看清楚就消失了。隔壁的老人说，这些跃出水面的鱼是鲤鱼。他本人更爱北美大梭鱼，因为他是一名地道的渔夫，他曾同北美大梭鱼进行过搏斗。风大多经常往北吹，河却朝南流，这样，当河水被风激起了涟漪，而水流湍湍，河水似乎朝南北两个方向流。我喜爱这景象，并把它看成是一个先兆，一个自然界的象征。

数年前，我回到了温尼伯，在大学母校做了一次报告，公众都可以去听。报告结束后，一位高龄老人走上前来，问我娘家是否姓威姆斯，我回答正是。心想，他们也许认识我父亲，或许认识我祖父。但是，情况却不是这样。他说："我还是个小伙子时，曾给你曾祖父罗伯特·威姆斯干过活，当时他在雷伯恩有牧羊场。"我想，那瞬间，我又重新意识到某一点对我来说是至关重要的。我古昔的家族，祖籍是苏格兰和爱尔兰，但是，在某种意义上说，那已经不再如此紧要相关了，我真正的祖先是在这里。

根据“爱国”这个词的常义来说，我谈不上很爱国。无论是在政治上、社会上或文学上，我都不会评断“我国的是非”。但是，有一点却是无法改变的，不论好坏，终生无法改变的。

这就是我的入世之地。这天地，有着祖先——既有我本人的祖先，也有别人的祖先——他们现在也是我的祖先；这天地，陶铸了我，并继续在陶铸着我，虽说我反对过它的某些方面，而且继续在反对它的某些方面；这天地，促成我抱定了自己的毕生事业，因为，在这里，我培养起自己独特的观察力。

张一麟　译

生活教会了我

〔埃及〕阿巴斯·阿卡德

生活教会了我与人交往政策中的两条方针，一条是人惹我时应遵循的，一条是我惹人时应遵循的，使我免去了许多不必要的感情消耗，知道了如何经济实惠地消费生命的资源。

人惹我时的方针是，对人一概而论，不管什么脾气禀性，一律一视同仁。

单就人的脾气，一开始便害得我好苦，几十次几百次地让我失望，每次都像发现了未曾料到的新事般令我突然。

随着时间的流逝，后来我慢慢习惯了把人一起放到盈亏天平上进行一次性衡量，于是，损失至少降低了，这本身就是一笔小小的收获。

我慢慢习惯了把各种脾气禀性加以集中和分类,如有人傲慢自大,有人谦恭自卑,有人愚昧低能,有人先天有缺陷,有人生来古怪刁钻,等等,等等,这都是我们这些亚当夏娃子孙继承下来的天性,司空见惯,没什么新鲜,人人具备。

如果有人惹我不快,我便去对号入座,于是发现早已登记在册,便不再意外和突然,是啊,有人傲慢自大,有人谦恭自卑,……这有什么呢?!人人如此嘛,你不早已领教过吗?!而且不止一次呀!既然如此,何必大惊小怪,何必痛苦抱怨?

我长时观察我自己,也把自己列入册中。我知道了别人有的品性脾气我也有,于是每每受到委屈,就扪心自问:“你不也是如此吗?”那还计较什么,责难什么呢!

我惹别人时,我的方针是,每当自己感到要批评人斥责人时,便问自己:“这关我什么事吗?”

换句话说:“失去他们的好感对我有损失吗?失去他对我有危害吗?”

如果在这件事上对我有损失或危害,那么此事与我有关,我必须力所能及地加以解决,否则便不必费心费力。

我一贯以实用为标准,因为跟着理论跑是达不到目的的。我总是把五六位我熟悉的在人们心目中有地位的人放在面前,我问自己:“想学他们的榜样,得到人们的好感吗?”答案总是有益于我,因为它为我确定了这项必要的工作,又免去了我其他一切工作。它向我表明,在大多数情况下,好感和赞许的财富是假币也好,是真币也罢,都是难以识别的。

然而不需要它也并非困难。

在与一些非常了解的人多次接触中,我发现他们热衷于追求名望,并为此煞费苦心机关用尽。其实他们并不在乎名望,他们在乎的是名望背后所要达到的目的。

感谢真主,名望于我如浮云,它不值得我费力,尽管我唾手可得。

我曾经和有些人一样,希望有一笔钱,用它买一件东西,后来发现这件东西并不值得买,便不需要了这笔钱,不需要为它付出代价。

杨乃贵 译

像黄鼠狼那样地生活

〔美国〕安妮·第拉德

黄鼠狼是野生的。谁能知道它想的是啥？它安睡于地下的窟穴，尾巴叠放在自己的鼻前。有时，它呆在窟穴中两天不挪窝。但一出穴，它就等候时机出击野兔、鼠类和鸟类，捕杀的数目多到来不及趁热吃，便把到手的猎物拖回家中。它听命于本能，咬准对方的脖子之后，不是咬断喉部的静脉管，就是捣出后脑勺底下的脑浆。有位博物学家的手被黄鼠狼啮进嘴里，可他拒绝弄死它。你想撬开这只黄鼠狼的嘴简直是不可能的，你必须走上半英里，任黄鼠狼在你的手臂上，直到水池边，用水把它窒息住，才能弄掉它，像甩掉一枚总也揭不下来的标签似的。

有一回，欧内斯特·汤普森·塞顿讲起，某一天有人从天上击落一头鹰。待他细看鹰时，发现黄鼠狼的干瘪瘪脑袋紧紧贴住鹰的喉咙，是它用嘴巴咬住鹰的喉咙。不难想象，鹰扑向了黄鼠狼，而黄鼠狼一转身，听凭本能的指挥，紧紧咬住了鹰的脖子，而胜利也几乎就在眼前了。真想瞧瞧这只被射杀的鹰：黄鼠狼直咬住这老鹰毛茸茸的脖子，是不是像一个真皮的饰挂？抑或鹰咬掉了黄鼠狼的某个部分，用利爪钩出了黄鼠狼的心肺，正用嘴啄它，直至剔空了黄鼠狼在空中美丽地显形的白骨？

就为我上星期遇到了一只黄鼠狼，我一直在读着关于它的书。那时，黄鼠狼吓了我一跳，我也把它吓住了。我们深深地相互凝视好久。

从我的住所出发，花二十分钟，中间穿过采石场边的树林，过公路就到荷林斯池塘了。那是一片引人注目的浅滩，我喜欢去那儿坐在树桩上看夕阳。它别称“莫莱”池塘，是一块三公顷大的低地，离廷葛溪不远，六英尺深的水，六千多株水莲。冬天，棕白相间的小公牛踟蹰其间，只打湿了蹄子；从岸边望去，它们似真正的奇迹，因了它们的不经意而更显得奇迹的圆满。夏天它们就没了踪影。水莲花开了，烂漫于这绿色的平畴——它是举步徐缓的乌鸫的生息之地，也是黑水蛭、蝲蛄和鲤鱼的微微震荡的天幕。

留神，我说的仅是郊外。朝三个方向步行五分钟，面前都是一排排的房屋。池塘的一端，时速五十五英里的高速公路擦边而过，另一端是一对孵着下一代的鸭儿。每簇灌木丛都有麝鼠洞和啤酒罐。远处那一头，田野和密林交织，其间，摩托车道——它光光的泥面上下着乌龟蛋——把每一处都紧紧串在一处。

真事儿呢。穿过高速公路，跨过两道低低的倒钩铁丝网篱笆，沿着摩托车道，我以感激的心情细品着野蔷薇和带毒刺儿的常青藤，一直到了那高处的绿草青青的田野。然后，我穿过密林，到伐倒的长满毛茸茸苔藓的树干上坐下。这树真绝了。在池塘沼泽般的尽头，它充当了干干的、带坐垫的长凳；在浅浅的蓝色水体和深远的蓝色天空之间，它从爬满荆棘的池岸架起豪华的栈桥。

太阳刚下山。我舒坦地倚在树干上，在苔藓的怀里看眼前水莲的微微颤动，它们因鲤鱼的跻身而过，不得不慵懒地分开一会儿。右边来了黄鸟儿，倏忽地从我身后飞走。它吸引了我的注意力；我一转身——接下来的一瞬简直不可思议，我眼睛触着了一只黄鼠狼，它也仰视着我。

黄鼠狼！

我还从未见过野生的它呢。十英寸长的身体，像一条细瘦的弧线，两肋的肌肉鼓鼓的，外表是水果树皮般的棕色，毛皮柔软，非常机警的神情。它那小小的尖得像壁虎的脸，做成箭镞一定锐利。下巴只一星点，也许只够安下两根褐色的鬃毛，这以下就是纯白的皮毛了，一直延伸到它整个的下腹。我从它那乌黑的双眼里看不出任何东西，就像坐望着两扇窗户似的一无所得。

黄鼠狼被惊得不出一声了。它这会儿才从四英尺外连绵的野蔷薇丛里露出身来。我也惊得木然以对，仓皇地倒退在树桩上。我们双眼的凝视被锁上了，钥匙不知被哪位扔了。

我们的目光酷似一对情人，或一对死敌，在爬满荆棘的窄道上不期而遇，心中不由得闪出各种印象：这是深入肺腑的晴天霹雳；也是划破天空的闪电对脑瓜儿的猛烈一击；或如脑袋霎时受到橡皮气球的猛烈冲撞，相互揉擦，这一刻把我们的肺都撤空了。这一击放倒了森林，迁移了田野，吸干了池塘；世界分崩离析，全被吸入双眼的黑洞。如果你我对视，我就经受不了这般的挚直，脑瓜儿会折落，掉到肩膀上。可我没有这样，对着它的眼睛，我的脑瓜儿好端端的。就这样。

它转身走了。上星期发生的事，要我现在回忆的话，已讲不清什么东西解除了咒在我身上的魔法。我想当时眨了一下眼，我想我是从黄鼠狼的脑子里找回我的那一个，苦苦地回忆才想起当时黄鼠狼感到了分离刹那的猛一使劲，向真实的生中斜斜地滑落，一股急急的本能的电流穿过全身。它没入了野蔷薇丛。我本能地等待，我的心儿一下子本能地充满了数据，我的灵魂充满了相见的祈祷。可它再也没回来。

请少和我讲避免深入的冲突。告诉你，我在黄鼠狼的大脑里呆了六十秒，它在我的脑子里呆的时间要长些。大脑是私人领地，它在独特的、秘密的磁盘上微语——但我和黄鼠狼同时插入了对方的磁盘，有了甜蜜而惊心的一瞬。那磁盘若是空的，叫我有什么法儿？

其余的时间里，它脑子里转的啥？脑子里想什么，它是不会说出来的。地上的踪迹，一簇羽毛，鼠血、鼠骨即是它的日记：但全是散页的，没人给它串篇，没人给它编集。

我想学习，或者说想学点怎样生活的窍门儿。说实话，我到荷林斯池塘来，可不是来忘掉生活而是学习怎样生活。也就是，我远不是要向某只野生动物学习具体的生活——要让我也喝滚烫的血，把尾巴翘得老高，每步都踩得十拿九稳，好让脚踩住我的手印？可我也许能学到那种心无旁骛，身体意义上的纯粹的生活，以及那种没有偏见，没有动机的生活尊严。黄鼠狼为基本需求而活，我们由选择而活；我们厌恨基本需求，最后默默无闻地倒于它的利爪之下。我想活得不亏，像它活得不亏一样。我揣想，我的方法其实与它的大同小异：无畏地面对时间和死亡，眼睛看着一切，不把什么放在心上，选择自己该得的那一份时，动用那凶猛锐利的意志。

我失去了我的机会。我本该瞄准它的喉咙。我本该面对黄鼠狼下巴底下的一溜儿白毛一跃而上，咬住它，任它把我的身子拖过泥地；拖进蔷薇丛，我绝不失落那份比目前尊贵得多的生活。我们满可以活得像出没在野蔷薇丛的黄鼠狼，整天闷声不响，什么也不去想。我满可以怡然地退化成野生动物的。这样我就能连着两天住在窟穴里，蜷着身子，背靠鼠皮，啃着鸟儿的骨头，眨一眨眼，舔舔东西，闻闻麝香，头发和草根长在一处。时间和事件只是不停地往外倒出，没个记号，直接被消化了，它们只像血液流经静脉管压进了我的五脏六腑。我们俩能在野蔷薇中相处好吗？能在池塘边一起巡行，让两颗平顺的心灵相互开放，平静地去接受，悠然自得，如飞雪坠落吗？

我们能行的，真的。我们能按着自己的意愿而生活。黄鼠狼就是这样，它并不"进攻"什么，它只是照了自己的意愿去生活，随时都顺从于来自它独特的基本需求的圆满的自由。

我认为中意的，可行的，顺从的和纯洁的办法是咬住你的某种基本需求，死不松手，不管它把你怎样悬在空中，拖着你的四肢，把你带到哪里。即使是死亡——不管你怎么活法，你其实总在急急地奔向死亡——也不能让它把你甩开。抓住它，就让它随便把你往哪儿带吧，哪怕你的双眼燃烧，即将坠落；让你那飘着麝香的肉块往下掉吧，骨架去散吧，让它们四处零落吧，落在田野、丛林，轻盈地、无牵无挂地，管它有多高，高到连飞鹰也感到无法再高的地步。

陆兴华　译

生活对我意味着什么

〔美国〕杰克·伦敦

我出生在一个工人家庭，很早就显得热情洋溢，有雄心壮志，富于理想；我的环境是粗野、鄙俗、不文雅的。我不是向前看，而是往上瞧。我处在社会的底层。在这里生活在肉体上和精神上所赐予的是肮脏和不幸；在这里肉体上和精神上都同样忍饥挨饿，遭受折磨。

在我上面耸峙着巍峨的社会大厦。我认为唯一的出路就是往上爬。很早我就决定在这幢大厦里进行攀登。在上层，男人们穿黑衣服和硬胸衬衫，妇女们穿漂亮的长裙。他们大吃大喝，食不厌精，心广体胖，至于精神方面，我知道在我上面的人，都大公无私，心地纯洁高尚，学识渊博。我读了"海滨文库"的一些小说，才了解这一切，在这些小说里，除了坏人和女投机分子外，所有的男人和女人都是嘉言懿行，兰心蕙性。总之，我像承认太阳升起一样，承认上层社会的人都是善良、高尚、文雅的，所有这些带来了举止端庄和可敬的品德，使得生活有意义，报偿了人们的辛劳和痛苦。

但是要向上攀登脱离工人阶级不是很容易的——特别是当他具有理想和抱负。我住在加利福尼亚的一个牧场，很难找到攀登的阶梯，我早就在打听投资的利率，童稚的头脑里为了领略人类卓越的创造和增加财富而操心。我进一步弄清了各种年龄工人的工资等级和生活费用。从这些材料我得出结论，如果我从现在开始劳动和积蓄，当我五十岁时，就可以停止劳动，通向高一层社会的门将向我打开，可以进去分享一份欢乐和美好。当然我断然决定不结婚，但我完全忘却工人们的巨大灾难——疾病。

我要求过的不仅仅是一种节衣缩食、拮据贫乏的生活。十岁时，我就成为一个城市大街上的报童，改变了向上的看法。在我周围仍然是同样的肮脏和不幸。在我的上层，仍然是等待着我的可以达到的天堂；但是有了一个不同的攀登阶梯。现在这个阶梯就是做生意。为什么我不把收入积攒起来，投资于政府公债，我用五分钱买两份报，转手之间就卖一角，把我的资本增加一倍？做生意的阶梯是为我配备的阶梯，我幻想成为一个秃头的成功的商业大亨。

这些倒霉的幻景！在我十六岁时我就已经得到了“王子”

的称号，这称号是一帮凶手和窃贼封给我的，我被他们叫做"捕蠔贼王子"，那时我已经攀登上了做生意阶梯的第一级。我是一个资本家，我拥有一条船和一套偷捕牡蛎的完整设备。我开始剥削我的同胞。我有一个船员。作为船长，我占有所有战利品的三分之二，给那位船员三分之一。虽然他和我一样艰苦劳动，而且冒着失去生命和自由的风险。

这一级是我攀登做生意的阶梯的顶点。有一天晚上我去袭击一群中国渔民。绳索和渔网都是值钱的。我承认这是抢劫，但这是地道的资本主义精神。资本家通过回扣、拒付赊账款以及收买参议员和法官，对同胞进行巧取豪夺。我用的仅仅是粗暴的手段。这就是唯一的区别。我使用了一支枪。

然而我的船员那天晚上却显得很不卖力。对于这种人资本家通常是一顿臭骂，因为，说真的，不卖力会增加开销和减少利润。我的船员造成了这两方面的损失。由于他的疏忽使主帆着火，把它付之一炬。那晚上没有得到任何利润，我破产了，无力花六十五美元去买一张新的主帆。我离开了我的停泊着的船，登上一艘海湾海盗船，溯萨克门托河而上，准备进行一次袭击。然而就在途中，另一帮海盗袭击了我的船。他们抢走一切东西，甚至锚；后来我找到了漂流的船壳，把它卖了二十美元。我从攀登上的第一级滑了下来，再也不去攀登那做生意的阶梯。

从此以后，我遭受其他资本家的残酷剥削。我有力气，他们靠它赚钱，而我自己却过着清苦的生活。我是一个水手，一个海岸散工，一个码头搬运工；我在罐头厂、工厂和洗衣房工作；我锄草地，清洗地毯，擦窗户。我从来没有得到过我劳动的全部产品。我瞧着罐头厂主的女儿，她坐在马车里，我懂得正是我的部分力气，拖着这辆有橡皮轮胎的马车前进。我瞧着工厂厂主的儿子，他正在上学，我懂得正是我的部分力气，支付他的酒费和学费。

但我对这并不憎恨。所有一切都处在一场竞争中，他们是强者。很好，过去我也曾是强者。我要打通一条道路去置身他们之间，还要用别人的力气来赚钱。我不害怕劳动。我爱艰苦的劳动。我愿比过去更加紧张更加辛勤地劳动，最后成为社会的一根支柱。

就在这时，我有幸找到了一个和我有同样想法的雇主。我愿意劳动，他更愿让我劳动。我认为我是在学一门手艺。其实我替代了两个人。我认为他是培养我成为一名电工；事实上他每月从我身上赚五十美元；我替代的两个人每人每月拿四十美元；我干两个人的活每月只拿三十美元。

雇主用沉重的劳动把我累得要死。人们爱吃牡蛎，但是太多的牡蛎会使人对那种佳肴倒胃口。对我也是如此。过多的劳动使我厌恶它。我不愿再看见劳动，我逃避劳动。我变成一个流浪汉，挨家挨户乞讨。在美国大地漂泊，在贫民窟和监狱里干苦力活。

我出生在工人家庭，现在我已经十八岁，还处在我刚开始的那条线下。我被打落在社会底层。被打落在苦难的地下深处。我是在地狱里，在深渊里，在人类的污水池里，在我们文明的废墟上与停尸所里。这是被社会所忽视的社会大厦的一部分。由于篇幅关系我在这儿把它从略，我要讲的是在那里看到的使我大吃一惊。

在惊恐中我沉思。我看到我所居住的复杂的文明世界真够愚钝。生活不过是饮食和居住。为了获得食物和住所，人们出卖物品。商人卖鞋，政治家出卖人格，人民代表除掉少数例外，出卖信誉；几乎所有的人都出卖他们的节操。女人也一样，她们流落街头或者尚为神圣的婚约所羁束，愿意出卖她们的肉体。一切东西都是商品，所有的人都买和卖。工人所能出卖的商品是力气，工人的节操在市场上是没有价格的。工人有力气，而且只有力气能出卖。

但是有一个差别，一个重要的差别。鞋和信誉和节操有办法更新，它们是永久的存货。在另一面，力气却不能更新。当商人卖鞋，他不断补充他的存货，但没有办法去更新劳动者的力气存货。他出卖的力气越多，留给自己的就越少。它是他的唯一商品，每天他的存货在减少，到头来，他不是早夭，就是出卖或关掉他的铺子。他是一个力气的破产者，他一无所有，跌入社会的底层，悲惨地死去。

我进一步懂得，脑力也是一种商品。它和力气不一样。出卖脑力的人只有在他的鼎盛时期，即五十或六十岁时，他的货品能以空前高的价格出卖。但一个劳动者在四十五或五十岁就精疲力竭或身体垮了。我曾在社会的底层呆过，可不愿把那里当作住所。那儿的水管和排水沟是不卫生的，空气恶浊得令人窒息。如果我不能住在社会的厅堂，无论如何也要力图住进阁楼。其实那儿的膳食不佳，但至少空气是清新的，因此我决定不再出卖力气，我要成为一个脑力出卖者。

于是开始狂热地追求知识，我回到加利福尼亚，打开书本。当我装备我自己成为一个脑力商人，不可避免地我要钻研社会学。我发现在某些书中科学地制定了我自己业已得出来的简单的社会学概念。在我出生之前，其他伟大人物已经解决了我所有思考过的问题，而且大大超过我。我发现我是一个社会党人。

社会党人是革命者，因此他们致力于推翻现在的社会，去建立一个未来的社会。我也是一个社会党人和一个革命者，我加入了工人阶级和革命知识分子的行列，我第一次过着知识分子的生活。在这里我发现了许多聪慧的知识分子和卓越的智者；在这里我遇见了身强力壮、才思敏捷的同时满手是茧的工人阶级成员；拒绝拜金主义而被免职的传教士；教授们被那些屈从统治阶级的大学所绞杀和抛弃，因为他们学识渊博并力图使之应用于人类事物。

在这里我还发现对人类的热烈信念，光辉的理想，大公无私,自我克制和舍身赴义——所有这些都是精神世界中壮丽的激动人心的东西。这里的生活是纯洁的,高尚的,活泼的。在这里生活改善着它自己,变得美好和愉快;我乐于生活,我接触过一些伟大人物,他们赞美高尚的精神,鄙弃金钱。他们关心啼饥号寒的贫民窟儿童胜过金碧辉煌的商业扩展和世界帝国。在我周围的是崇高的目标和英雄主义行为,我的日日夜夜都是阳光和煦,星光灿烂,火焰在我眼前永远燃烧着。圣杯,基督的圣杯,热情的人类,长期以来的受难和受虐待,最终得到了拯救。

我,愚昧无知的我,认为这是预先尝到了上层社会生活乐趣。自从我在加利福尼亚读了“海滨文库”的小说后,便失去了许多幻想。我注定还要失去许多至今仍保留着的幻想。

作为一个脑力商人我是成功的,社会的门对我大开着。我登堂入室,我的幻灭在迅速增长。我坐下来同社会的主人们,同社会主人的妻女们共餐。淑媛们穿着漂亮的长裙,使我吃惊的是我发现她们和下层妇女具有相同的体质与天赋。

不是这些,而是她们的实利主义使我大为震惊。说真的,这些装束入时的漂亮妇女也侈谈理想和道德;但是撇开她们的言论,她们生活的基调是实利主义。她们是这样自私!她们资助各种慈善事业,并以此向人吹嘘,然而她们的锦衣玉食都是用沾满童工、汗流浃背的工人以及妓女们的鲜血的利润买来的。当我谈到这些事实,天真地希望她们立刻脱下她们染血的绸衣和珠宝,她们却显得激动愤怒,喋喋不休地说什么是铺张、酗酒和天生的邪恶导致下层社会的贫困。当我谈到了不应归罪于一个六岁的孩子,说他铺张、酗酒和邪恶,他饿得半死,被迫到一家南方纺织厂每晚干十二小时活,这些淑媛们就大肆攻击我的私生活,把我叫做"煽动者"——就这样结束了这场争论。我来往于那些身居高位的人们中——牧师、政客、商人、教授和记者之中。我同他们一块吃肉,一块饮酒,一块乘汽车,研究他们。我发现他们对于腐败现象糜烂的生活麻木不仁,他们是没有被埋葬的死人。

我遇到过这样一些人,他们祈求和平反对战争,但却把枪支交给工贼们去射杀他们自己工厂的罢工工人。我遇到过这样一些人,他们对职业性拳击赛的残忍义愤填膺,但同时却参与食物的掺假, 每年杀害的婴儿比满手鲜血的义律王[1]杀的人还多。

我在旅馆和俱乐部,在家里和火车卧车以及轮船的躺椅上同工业巨头们谈话,对他们知识之贫乏感到惊奇。另一方面,我发现他们做生意的知识都是畸形发展的。我还发现,他们的道德,凡是牵涉到生意经的等于零。

这些温文尔雅、贵族气派十足的绅士是木偶戏的导演,是各大公司的工具,他们掠夺孤儿寡妇。这些绅士还附庸风雅,他们搜集善本书,充当文学的保护人,却向一个脑肥肠满

[1]义律王(公元前73?—74),犹太暴君。

面色阴郁的市政机器老板交纳保护费。这些编辑们刊登专利药品广告，却不敢在他的报纸上透露这些所谓专利药品的真相，因为害怕失去广告。他们反而把我叫做造谣生事的恶棍，因为我告诉他他的政治经济学是陈旧的，他的生物学还是普林尼[1]时代的。

这位参议员不过是一位粗鲁的没有文化的机器业大亨的工具、奴仆和小小傀儡；这位州长和这位最高法官也是如此；这个人严肃热烈地侈谈理想主义的美妙和上帝的仁慈，恰恰就是他在商业交易中出卖了他的同伙。这个人是教堂的支柱，又大量资助到国外传教，却让他商店中的女售货员每天工作十小时，而获得的工资不足糊口，因此他直接鼓励卖淫。这个人向大学捐赠讲座基金，但在一件经济案件中却在法庭上作伪证。这位铁路巨子丧失了绅士和基督徒的身份，当他给两位工业巨头中的一位以秘密回扣并同他们在一场殊死斗争中抱成一团。

我发现我不爱住在社会的厅堂里了。在理智上我感到厌烦它，道义上精神上对它十分厌倦。我想起了我的知识分子，我的理想主义者，我的被免职的传教士，被压垮了的教授和心地纯洁有阶级觉悟的工人。我想起我的那些阳光和煦、星光灿烂的日日夜夜，在那里生活是一个甜美的奇迹，一个无私的道德高尚的精神乐园。我瞧见在我前面燃烧着圣杯。

[1]普林尼(23—49)，古罗马学者。

我回到工人阶级中来了，我生长于斯，是其中的一个成员。我不再打算往上爬。那强加在我头上的社会大厦，不再使我感到愉快。我感兴趣的是大厦的基础。我安心劳动，手执铁撬，同知识分子、理想主义者和有阶级觉悟的工人肩并肩，不时给大厦狠狠地一撬，使它动摇。总有一天，当我有了更多的人手和铁撬，我们定会把它推翻，连同它的腐朽生活，没有埋葬的死人，它的穷凶极恶的自私自利和腐败的实用主义。然后我们要清扫地下室，建设一所人类的新居。在那里没有华丽的厅堂，在那里所有的房间都明亮、畅爽，在那里所呼吸的空气将是清洁高尚、活泼的。

这就是我的展望。我期待着有一天，人们获得的进步将远较填满肚皮更有价值，更崇高。有一天将有一种更好的刺激去推动人们行动，而今天这种刺激就是填满肚皮。我对人类的高尚和美德持有信心。我坚信精神上的美好和大公无私将战胜贪得无厌。最后，我的信心在工人阶级。正如某些法国人说的："在时间的楼梯上永远震响着木屐往上走，擦亮的皮靴向下行的声音。"

1905年11月

申奥 译

音的世界

〔日本〕宫城道雄

我从七岁时起才开始和光的世界渐趋绝缘。到九岁以前，虽极微弱但还能看到一点。在我的记忆里，开始学弹琴时，尽管用手摸索着，还是看着琴弦来弹的。所以我想，我和从一降生起就没看见过物象的盲人相比，有许多不同之点。

我可以根据声音想象出东西的颜色和形状。听见京都少年舞女脚下的木屐声，便想象出儿时见过的身穿红领子友禅[1]和服、腰上耷拉着带子的俊俏身影。

就这样，失去了光之后，在我面前却展现出无限复杂的音的世界，充分补偿了我因为不能接触颜色造成的孤寂，并且认为这就是我所居住的世界，虽对光的世界不无怀念，不

[1]友禅：京都人宫崎友禅创制的染织品。

过现在已习以为常，并不觉得怎么样了。我失去了视力，反之，耳朵的听觉却格外的灵敏。关于音我想得很多，很想谈一谈由于音使我想到的事。

我认为音和色有着不可分的关系。音中有白音、黑音、红音、黄音等种种的音。听见白音就想起纯洁、圣人和僧侣等；听见黑音就想象到黑暗、坏人等，因此，在一个个音里还是有着性格和色彩的。

我作曲时，总想把重点放在旋律上加以表现，而在和声方面，就想着这音和色，设法提高效果。表现湖泊时，我就想凭借旋律与和声造成让人想象出那透明的碧蓝色湖水的音响来。为了使之产生秋天的气氛，绝不会忘记在用凄凉的旋律的同时，还要配上枯叶飘落的秋色。

算卦的人，借着手相、面相和骨相来推断一个人的人品和预卜吉凶祸福，而声音也是一样的。世界上没有相同的面相，声音也是因人而异。声音有强弱、清浊、高低之分；还有干巴巴的声音、圆润的声音、娇滴滴的声音、粗野的声音等等，千差万别。

根据声调便可知道该人的气质和脸型。特别是性格容易从声音中表现出来，并且大体上能想象出此时此刻那人的表情。胖人和瘦人的声音截然不同。头脑的聪敏和迟钝，只要一听声音，大抵也可以知道。还有，同一个人，心存烦恼时，尽管强颜欢笑，也马上可以知道的。人们常说："您的气色不好看，怎么的了？"而我却想问："您的音色不好，怎么的了？"

从前，我曾去大连旅行。那时，因为在船中憋闷，遂和船长、乘客一起边喝茶边聊天。关于每人的情况，我只一听声音一说就对。人们便向我取笑说："您从声音上给我算一算命吧。"

另外，还常有这样的事，在众多人参加的集会里，人们吵着谁来了谁还没来时，而我却远远地就听出了他们说的那人的声音，知道这人已经到会了，而别人得过一阵子，才好不容易地从人堆儿里发现那个人，搞清他已来了。

孩子们到我这儿来学琴，有的不遵守纪律，我马上就能发现他，说声："坐好！"那孩子吓了一跳，赶紧重新坐好了。有过这样一件事，一年夏天的一个热天，来练习尺八合奏的学生们，有人以为我不知道，悄悄地脱下和服，光着身子吹，我说了一句："光着身子够凉快的吧！"吓得那学生赶紧穿上了和服。

与人相遇彼此交谈时，一凑到对方的跟前，对那人的态度举止便了如指掌。那人在谈话中间，如果心里忽然想到别的事，或是偶尔移开视线，声调马上会发生变化，我便什么都知道了。

不记得什么时候了，我听过吕升[1]配音的一出叫《纸治》

[1]吕升：丰竹吕升是日本大正时代传统的大型木偶戏"净琉璃"义太夫派的著名女配音演员，人称女义太夫。

的大型木偶戏"净琉璃"。戏中的妻子阿赞一边从衣橱里往外拿衣服，一边说话，给阿赞配音的吕升的脸不消说是面向观众的，但那音色和说话方式，听起来就像阿赞背过身去一面开柜橱一面说话似的，让我叫绝。

我住的地方离省线电车道相当远。雨前或天气恶劣时，我便能清楚地听见户外的各种声音。一旦听见在远处奔而过的省线的电车声，便想到快下雨了。不仅如此，从日本三弦和琴弦上也能知道。当弦绷紧，声音又不清晰时，就可以预测出虽然今天天气很好，但不出两三天准下雨。

我虽目不能视，但凭各种声响和周围的空气，可以感到早晨、白天和夜间的气氛。

对于大自然的音响，因为自己是搞音乐的，就格外感到亲切。同是风，松涛声、风卷枯叶声、风摆垂柳声、短竹的萧萧声等，各有情趣。

我喜欢雨声，特别是春雨最惹人喜爱。那檐头滴答的雨滴声，沁人心脾。

远处的海啸声，瀑布声，小河流水声，峡谷里淙淙的溪流声，水车徐缓的转动声，全都具有诗情画意。

我还钟爱小鸟。住在喧嚣的京城之中，听不见鸟儿在大自然的森林或树丛中自由地歌唱的声音，令人寂寞。而当我心头涌起作曲的兴致，极思沉浸于自然的声响之中时，那种对自然的怀念之情，让我坐卧不宁。

自然的声响可以说无一不是音乐。与其欣赏出现于陈词滥调的诗歌和音乐中的东西，不如去倾听大自然的声音，更加令人感奋。我们不论怎么努力，也作不出胜过自然的作品来。

我最恐惧的声音，要算雷鸣了。没有比它更可怕的。一听见在远处发出隐约的隆隆之音，心中便不安起来。等到发出震天动地的巨响时，令人惊心动魄，不知所措。这时，无人在侧反而更好。那带有威严的强音，渐渐迫近，不知将会怎样。这倒并非因为惜命，总之我不喜欢听那声音。

仅次于雷鸣令人害怕的，是电车交叉点的声响。我站立在交叉点时，简直像干冒生命危险的事一般。从四面八方轰鸣着开过来的电车，鸣着喇叭开过来的汽车，此外还有载重汽车、摩托车等，似乎都朝我开过来。尽管有人牵着我的手，仍惴惴不安，身不由己地要采取躲避的姿势。

我夜间常常失眠，作曲也多在人们安睡之后进行。彻夜作曲是常有的事，所以，我对夜间的各种声响感到格外可亲。我尤其喜欢雨夜。雨夜作曲，心绪宁静，头脑灵敏，更易谱出满意的乐章。

入夜，随着周围愈益安静，白昼听不到的声音清晰可闻。从小虫振翅的微细声音到柜橱里老鼠咬东西的窸窣声，水管子的水滴落到水桶里的声响，还有远处火车的汽笛声，都在提醒人，已是夜阑人静了。也有人问我："反正你看不见，白天晚上都一样，在夜间干，你不至于害怕吧？"其实，我还是害怕的。

夜气袭人，这只从皮肤的触感上便可知道。这种时刻常会听到乐器的自鸣，叫人毛骨悚然。不记得是什么时候了，曾听铃木鼓村先生说过："听见琴的自鸣声音，便直感到死之降临。"深夜作曲时，在身子周围竖起了各种乐器，声调齐全，自己独自端坐在当中，有时乐器发出的声响正好与自己刚刚想出的音调不谋而合。我想，这也许是因为飞虫撞到琴弦上，也许由于空气的干湿变化等原因使丝弦出现松弛而发出声响，总之，禁不住为之惊惧不安。有时想到，如果许多的乐器同时发声，可怎么是好呢？于是浑身一哆嗦，这时真想从屋子里逃出去。

有人常对盲人独自一人走路感到奇怪，其实他本人并不像从旁看到的那么不便。习惯了出人意料地坦然自若。

宽路、窄路、拐角、十字路口，还有屋子的大小，这些可以根据空气的压力和风吹的情况知道。从路口算起第几家是西餐馆，往前是卖留声机的，再往前是澡塘……完全清楚自己所走的这条路。

虽然时常有人牵着我的手，却要由我指点路途。我还常常告诉汽车司机路。一回记牢了，比有眼睛的人还可靠。特别是来到离家不远的地方，马上就意识到快到家了。如果听到邻近的孩子和狗的声音,也许因为熟悉,走起来就更容易了。

此外,外出旅行,随着火车的行驶,我也能想象出景物的变化。听见别人说看见富士山了,凭想象便在自己眼前浮现出富士山的雄姿。我最感到有趣儿的是,火车每次停车时,便能听见来回不断走动的乘客们的乡音。

文明的声音逐渐增多,也是可喜的现象。近来无线电收音机大为流行,这对我们盲人来说实在太方便了。晴天,飞机的螺旋桨发出雄壮的声音在空中飞翔,令人产生一种无法形容的轻松之感。

诸如此类,对万物一一侧耳倾听,仔细玩味,声音给你带来的感奋将是无穷无尽的。

程在里 译

活着的时间

〔日本〕大佛次郎

我的家离海，徒步大约十五分钟。

不过，我一年到头多是乘电车去东京，几乎没有特意去看海。最近，难得地在一个短时期内，同朋友一起三次到海边去，围绕地岬，走访了山之阴的小坪渔村。我们一边看海，一边围绕沙滩走着。有时也说说话儿，有时只是默默走路。

其间，有时会突然感到，以前一到海边，立即心情激动起来，无条件觉得很幸福。那是年轻时的感觉，不知不觉自己上了年岁，再看到广阔的海景，早已失掉了胸中跃动的激情吗？想到这里，感到多么失望！

几年前，我有一只小船，每到夏天，经常坐船到海里去。在那无人而水深的洋面，任小船随意飘摇。因为没有别的游泳者，正好尽情畅游一番。和近岸的浅滩不同，海水深蓝而澄澈，带有晚潮的厚重，身子易于漂浮起来。微风掠过水面，在耳畔窃窃私语。波浪发出一阵阵声响，周围一片静谧。从船上望去，朋友手足游动着，在蓝色的波涛中显得非常白净。不管向哪里看，都是广阔透明的空间，仿佛空气每一颗粒子都在闪光。明丽的天空一派湛蓝，水平线轮廓清晰地伸延向远方。晴天时，可以望见伊豆的天城和大岛。但依旧举首扬眉向大洋对面眺望，想象着那边有个未知的奇异的世界。

还是学生时代，逗子的沙滩，每逢晚上涨潮，满荡荡的海水奔涌而来，如城市的道路纤细而狭长。好多人来这里乘凉，月光明晃晃地照在沙滩上，人影幢幢，个个都是黑魆魆的。凝立者看上去像树影一般。脚下的沙子还留着白天的余热，踩上去感到一种奇妙的暖意。这种心情也不错。黑沉沉的海水翻滚着，只是表面显得光亮。白天悠然游泳的海，夜晚却是别一番情景。人们都出来了，从岸壁的露台上传来了孩子们的歌声，只听到声音，却看不到影子。大海仿佛是蹲踞在沙层上的黑色的巨兽，时而静静地呼吸。皎皎的明月之下，使人感到有几分惧怕。

最近我去看海，只是平静地感受当时那种影像吗？还是不限于海，不管对什么，年轻时有年轻时的感受，成人以后有成人的看法，老人又有老人特具的宁静的眼睛。

尽管如此，我仍然眷恋年轻时眺望的海。夏天白昼的海平线的远方，总有许多令人觉得“unknown”的日子，久久难忘。怎么样？再体验一下这种心情吧。今年夏天，我想驾着小船，去周围没有人的洋面，在洁净的水里游泳，在阳光下晒干冰冷的皮肤，从晚潮激荡的小船上眺望渺渺茫茫的洋面。或者乘上巨轮出太平洋，充分饱享大海醇厚的韵味。这样的日子还会有吗？施尼茨勒[1]这个人用“活着的时间”作为剧本的题目。人活着，又真正感觉到自己活着，这种时候谁都不能永远占有。学生们努力学习，社会上的人忙于工作。不自觉地一个劲儿地增添着年龄。胃不好的时候，人就不能不考虑胃，与此相同，人在活着的时候，没有感到自己活着，生命就在苦斗之中流逝了。这也许就是普遍现象吧。这就和机器运转一样，人变成了机器。只是在消耗着生命。年轻人有年轻人的花季，老年人也有老年人的花季。我以为，只有那些享有精神的余裕，广阔而深厚、细细品味生命韵味的人，才可以称得上“活着”。画定方阵游泳的人和那种乘着晚潮随意漂流的人是不一样的。有的人一生清贫，而高风亮节；有的人追逐铜臭，终生蝇营狗苟；还有的人牢骚满腹、恶语伤人，卑劣无耻地送走大好年华。

我也想再一次重新看海。不，不仅是海，凡是日常生活中的小事，我都想充分开动脑筋一个也不遗漏地再次体验一下。

陈德文　译

---

[1] Arthur,Schnitzhler(1862—1931)，奥地利剧作家，作品有剧本《阿纳托尔》、《儿戏恋爱》、《绿鹦鹉》等。

年龄

〔日本〕宇野千代

快到百岁的祖母

我们家有一位生于庆应元年、今年九十六岁的祖母。她本来一个人住在乡下家里，因为总不放心，经过再三劝说，前年春天才好不容易搬到东京来。

对于祖母来说，自己的乡下老家是值得骄傲的。自家周围的田地由自己耕种，花钱买的只是米和鱼。钱也是年轻时干活儿挣的，不是别人给的。九十六岁了，没有任何人照顾，自己独立生活。这也是祖母的骄傲。

自己觉得身体还行，但也不知能活到何时。我曾经想象过这样的情景：一天早晨，没有开挡雨窗，从外头叩开门，进屋一看，祖母死了。我怕会有这样的不测，才千方百计把她带到东京来。

耳朵有点儿聋，眼睛很好。不戴眼镜可以穿针引线。自己的衣服都是自己缝制。前个时候，还给住在故乡的六十岁的侄子做了件棉坎肩寄去。自己吃的东西也都是自己做。她喜欢去附近的市场买东西，按自己的习惯做菜吃。

不要任何人帮忙，自己料理自己的生活，这是祖母的骄傲。我一出外旅行，她总告诫说："不要买什么纪念品，我不要那些。"很奇怪，祖母不喜欢接受别人的东西。

世间的老人大多都由别人照料。撇开别人的照料而独立生活，祖母对此很自豪。她总是认为自己身体还结实，不要人照顾可以独自过日子。正因为有了这种自信，身子反而会更加结实，心情也很开朗。我们对祖母的这种自豪感不好苛责于她。

世间有的老人和祖母相反，喜欢别人照顾。这是一般现象。有人照顾，生活自然感到安稳。但反观祖母的活法，也没有什么奇怪。作为日本老人的不同性格，说不定是一种有效的长寿法哩。

祖母还有一个与众不同之处，就是不谈过去。她好奇心很强，一切向前看。喜欢听广播，比我们更关心政治。因为是首相的同乡，总说："岸君受大家欺负，真可怜。"听到登月火箭的消息，说："再晚生十年该多好。"照她的意思，如果晚生十年就能乘火箭到月球旅行了。

祖母去年春天想再回一趟老家。"打算整理一下留在那里的东西，以便死前不用回去了。"她这样说。

回故乡小镇乘火车要花二十个小时。祖母习惯于乘火车长途旅行。一到老家，就把侄儿和侄孙们都叫来，分发些坐垫、碟碗之类给他们。有的是从这里带去的。

据跟她一同回乡的妹妹说，祖母一到家就想到街上洗"钱汤[1]"。对祖母来说，钱汤是唯一的社交场所。祖母在那里大声叫出一些人的名字。"怎么，死啦？"说罢有些垂头丧气。原来，有两三位祖母的老友死了。她或许想去见见他们啊！

七十岁的朋友

我昨日见到了阔别已久的富田文子女史。她那化了妆的面颜，使我看不出她的年龄。据说满七十岁了。

她那饱满的面庞和一双大眼睛，同七十岁这个年龄很不相合。她穿着自己用缝纫机缝制的粗毛呢西服，肩上搭着豪华的黑色仔羊皮外套，腰上系一根宽大的红皮带，那副打扮也和七十岁的年龄不相合。怎么看都不像是七十岁的老太婆。这就是她的特征。

[1]大众浴池。

她现在住在比利时的布鲁塞尔，有三辆私人汽车，生活很富足。但实际上，她太爱操心，太不安于现状了。这次久别重逢，她说："人到七十就想到了死。我在考虑自己会埋在什么样的坟墓里。"然而这话并不局限话本身的意思。我问她："那么你认为埋在怎样的墓穴里好呢?""日本的墓穴有蚯蚓，又潮湿，我讨厌。最近，我到埃及参观陵墓去了。"她说。

听起来似乎是为了给自己做参考才到埃及看墓的，但这位女史的话只不过是个借口，她经常会有出人意表的举动。这是她的特征。

埃及空气干燥，地面是沙漠，死人埋葬后，沙子就移动。尸体不会腐朽，就像活着时一样原封不动从沙子里露出来。古代埃及人由此种现象便产生了这样的想法：人死了只不过是活着的能量脱离了肉体，只要能量能再度回来，还可以重生。这种能量回来时，就能恢复从前的生活，一切不变。基于这种想法，才会有那样巨大的陵墓和木乃伊。从图坦卡蒙[1]法老陵墓里挖掘出的东西，有王生前使用的全部家具用品，从金马车到象棋、蝇拂子、香水以及面包、饼干等食物。活着时生活的全貌同木乃伊共在。她说："木乃伊的纳棺一共有八层，最中间的是纯金制成。合计起来，这八层纳棺共耗费黄金二百公斤。"

---

[1] Tutenkhamon(约前1361—前1352)。古埃及第十八王朝法老。其陵墓于1922年被发现，内有金棺等大批艺术珍品。

从埋葬自己的墓穴一下子突发奇想,这位女史开始研究埃及了。近一年来,从早到晚钻在古代埃及里。散步回来,坐在公园的长椅上写一点儿;登缝纫机累了,停下来写一点儿,就这样积下的稿子有八百页。她说为了出书才到日本来的。

女史的行动总是由自己的事情所引起,不知不觉这行动就把自己撂在一旁,一下子飞到别人想不到的方面去了。"我已经不在想自己的什么墓穴了。你说怪不?"她说。

上了年岁而无所作为,这种状态也许就称为老人吧。女史研究埃及,她一度忘记了自己的年龄,不,也可以说她忘记了自己的墓穴这种事情。

她大约两三年回一次日本,过一个月再返回欧洲。我经常到羽田送行。"再见!"她只说这么一句,头也不回地走了,就像在公共汽车站同人告别时一样。这是她的惯例。

过六十岁的我

"我多大啦?"我问。家人笑了。不能正确数出自己的年龄已有两三年了。用实足年龄计算也是混乱不清,数来数去弄不明白。已经过六十了,一切也都无所谓了。看样子不在乎年龄,但实际上却非常在乎。

女人过了六十岁复何言矣。可以说女人已经不成其为女人了。也不谈恋爱了。早晨起来洗脸、化妆、梳头,只不过是一种习惯。衣服也常换,这也只是习惯。到了这份年龄,要保持一个虚构的女人形象,必须有种抽象的能力。不知不觉,我也到了这种地步了。

奇怪的是,为了有意识地保持这种虚构的女人形象,过了六十的我,自己感到简直像换了个人。自己是女人时所没觉悟到的“女人形象”如今看得更清楚了。到了必须扮演“女人形象”的时候才开始明白其内容的有趣和微妙,就像歌舞伎中的男扮女角儿一样。

神赐予任何年龄层的人以活力。去年的圣诞节我没有到哪儿去。前年,大前年都是如此。但是我不能忘记,同是一个自己曾经穿着长长的晚礼服和闪光的皮鞋出门去。我也忘不了同是一个自己,曾对着刚要出门时赶来的男人说:“快回去,我不愿同你一道走!”我到了即使是圣诞节哪儿也不要去的年龄。但是,今后我绝不妨碍别人出门。“去吧,能走的都走吧。”

说“能去”其实是一种特权。这是美好的事。这个我也知道。到了不能恋爱的年龄方能理解恋爱,这也是件奇怪的事。

女人六十岁,从季节来说也许是冬的开始,不,抑或是秋的末尾吧。当然,花不开了,叶也开始落了,但是树干尚未到光秃的程度,离枯木更有一段距离。不去圣诞节了,对米奇·卡契斯的笑颜也不心动了。也不是因为对恋爱毫无兴趣,是因为自己的身体已不能支配自己的行动了。

自己再不是恋爱的主角儿之后，魔鬼也不再缠身，嫉妒心也没有了。那些遭人嫉妒的男女之间的卿卿我我、朦胧迷乱的东西，现在看起来如云开雾散一般清晰可见。

但是，我说的只是男女之间那种说不清道不明的事。虽然不再恋爱了，但还得做事。工作上的嫉妒心尚未消失。到了七十岁，也不工作了，因而工作上的嫉妒心也就不再像魔鬼般缠身了，会消失得无影无踪。到了那个时候，真正的冬天到来了，我的年龄就将进入枯木一般的心境了。

三十年一瞬间

三宅艳子是我最亲密的朋友。我俩开始见面是什么时候来着？那是三十年前的事了。艳子当时同从巴黎回国的阿部金刚氏刚刚结婚，我朦胧记得，她虚岁十七，实岁刚到十六。

直到现在，艳子还是一张极其可爱的姑娘家的面孔。我初次见到她的那副样子，至今都没有忘记。一头利索的短发，十分得体的黑色西服，真是无可挑剔。她给我的第一印象就是这样一位刚强能干的小姐。还是三宅靖子女史在世的时候，我是靖子女史第一位好朋友。当时靖子女史住在砧村一座豪华的西式宅第里。新婚的艳子小姐每次去这位母亲家里见面，我心中都有一种类似反感的情绪。

说是反感也还不一样。在我这个朋友眼里，女史对女儿的态度那样亲切宽容，不管说什么母亲都由着女儿。我从旁观察总是想，竟然有如此娇惯孩子的母亲啊！我不知我的看法是否妥当。我小时候是在贫困的农家长大的，对于母女那种关系很不理解。自己无法接受的事艳子却接受了。我之所以认为不妥，也可能是由于继子根性而看法不一样吧？

不知打何时起，这位艳子姑娘和我也成了最要好的朋友了。论年龄我比她大十五岁，而且又是她母亲的朋友，整整大一个辈分。那么为什么会成为深交呢？我自己也不理解。现在回忆起来，那种"第一印象的反感"正好翻了个个儿，碰到什么事我就想到，是应该照她们那个样子做啊。你说奇怪不？

艳子令我最佩服的是，她虽然比我年轻十五岁，但思想要比我老成得多。同艳子相比，我的一些想法总显得偏执和带有孩子气。她理解问题的能力也很强。"对，是应该这么看，只有这种想法，才能解释得通。"每当听罢艳子的主张，我就一个劲儿表示赞同。她语言干脆，从来不打算去说服谁。

三十年前那个刚强任性的小姐，在我眼里不知不觉变得和她母亲靖子女史完全一样，对人也是那般雍容大度。艳子有个女儿叫菊子。一天我又看到了相同的情景："啊，和过去一模一样！"我发现艳子对待菊子，同往昔三宅靖子女史完全相同。

三十年岁月在我眼前一闪而过，过去我对艳子那种出自继子根性的心情又一下子复活了。我没有母亲，当然也没有女儿，看到艳子母女那种亲热劲儿，自然有种嫉妒吧？

三十年一瞬即逝。

三百里路不算远

人的作为随着年龄的增长会逐渐变得成熟，但这只是一种看法。我认为，二十岁时干的事到了几十岁还会再重复。我一直固执地把我的身体当成实验台。不过，几十岁再重复一次的说法也许不够妥当。因为年龄不同，同一个人所重复的方法也完全不一样。

我十八岁时失恋了，又是人生第一次失恋，受到了很大打击。仿佛整个世界都失恋了！当时我在朝鲜的京城任家庭教师。我的恋人在故乡山里的小学校当老师。“回去！”我立即下定决心，当天就做好准备乘上了火车。从京城到故乡岩国有三百里[1]吧？这点儿路算什么！长夜漫漫，我坐在火车上只是叨咕一句话：“一定叫他重新回头。”我想回去只要能见面就没问题。火车在夜间到站了。

从车站到恋人家还有三里。我在漆黑的山路上咚咚走着。这条山路听说大白天也有狐狸出没，现在一点儿也不觉得害怕了。不知走了几个小时，“对不起，有人吗？”我敲敲门，喊出了恋人的名字。过一会儿，恋人出现了。这就是我跑三百

[1]这里指的是日里，一日里约等于四公里。

里远所要见到的恋人的表情吗?“啊,是你?快走快走,要是让人看见了怎么办? ”跑三百里路回来见到的只是恐怖而已。

也不知是被恋人一把推的,还是自己一脚踏空,我记得当时自己从山路上滚落下来了。人掉到了谷底的小路上,一下子坐住了。猫头鹰在叫,月亮出来了。身子磨掉一层皮,这才从迷魂阵里醒悟过来:“再想恢复旧情是不可能的了。”我哭着下了山。

我的失恋的特色就像摆脱邪魔一般,不再去追逐恋人的踪迹。因为马上开始了新的生活,那最后分别时恋人脸上恐怖的样子,实在不愿再次看到,同时也把以前的事忘个一干二净,就像动物的恋爱一样。

然而,初恋的经验使我变得胆小了。二十五岁时我又失恋了。这次本来下决心不再失恋的。当我想到“啊,又失恋啦”的一瞬间,我还是对恋人表现出无限亲切之情,仿佛完全没有觉察一般。“你倒真能挺住!”别人表扬我,但不值得表扬。这都是保护自我的本能的表现。这种亲切之情只是为了使自己不觉悟到失恋罢了,其结果是一样的。

三十八岁,四十八岁,五十八岁,我的失恋在继续。奇怪的是,我在初恋的时候就种下了失恋的种子。我每次都念叨“再不失恋,再不失恋”,这种胆小的心情照例陷我于失恋之中。这种悲叹随年龄的增长越来越深沉。我再也没有不顾三百里之遥跑回来的心思了。走路越来越少,最后连一里也不愿再跑回来了。到了不再追逐恋人的时候,对一切也就无动于衷了。这当然是表面现象。

真正的老年也来到我的身上了。

陈德文　译

人生之秋

〔黎巴嫩〕米·努埃曼

一年四季，各有其意义、清新、朗润与欢乐，致使关于四季之间的比较，就像是某种诡辩或毫无价值的争论。因为任何一个季节都不能代表其余季节；而任何季节的完成，也有待于其余季节的完成。

春季，是被封锁起来的大自然对周围一切的造反；封锁已使大自然感到厌烦，于是起来挣脱桎梏与锁链，毫不犹豫或毫不留情地将其打个粉碎。蓓蕾渐次膨大，开出花朵，生出叶子和枝条；种子萌发生芽，裂开包衣，冲出黑暗大地，沐浴灿烂阳光，成为挺拔滴露的香草；根茎挣脱枷锁的束缚，拨开泥土，昂首空中，伸向四面八方；昆虫、蛇蚁、飞禽走兽嗡鸣、舞蹈、啼唱，成双结对，兴高采烈，欢欣鼓舞，深深沉浸在万物更新、再度欢腾的微醺情状之中。大地沸腾，动中祝福，形态种种，五彩纷呈。苍穹起舞，送来热情、光明、欢歌和妙曲，都是对胜利暴动的陶醉。

如果说春天是大自然对封锁所采取的暴烈行动，那么，夏天就是那场暴动本身，且可言登峰造极，如愿以偿，愤怒随之消逝。反抗行动变得温和，一切都从微醺中苏醒过来，开始安排自己的事，清点战利品，保卫自身的安全，注意自己的生长，以便日后最大限度地享受自己创造的美味。

秋季到来，大自然的暴动带来了果实，带来的是成熟的、光彩夺目的可口果实；华美、鲜味与健康已自在其中。

大地走来，因眼见自己的革命果实而欢喜，于是动手采摘，饱吃足食一顿，然后将剩余的果实储藏起来。肚饱之后，精疲力竭，困神缠眼，正好入睡，以便消化吃下去的食物，除却怀孕、分娩、生产的污物。

冬令，则是大自然的休眠期，那是生命强加于她的，意在怜惜她的体力过度消耗及肠胃消化困难，唯恐她陷于神经紊乱状态。生命自有其生活哲学，宁愿带着自己的子女缓步走上完全解脱的道路，而不肯一下将他们推到那条道路上去。那是因为自由是一种长寿灵丹妙药，只能一口一口地吞服，借以进行自疗，一口足保一生或一个周期。

或许我们在用隐喻方法谈及人生四季时，道出事实的精华。世界上的一切都像地球上的四季变化规律一样，服从于一定的严格规律。每种事物必在一定时候开始，又在一定时间结束，先经过革命暴动，继而经历一个时期的力量集聚与调整，然后进入采摘收获时节，接着便是新的封锁或休眠，兴许长达一个月，也许久至一个时期；那时，我们就像谈论地球上的春、夏、秋、冬一样，完全有权利谈论太阳或宇宙任何星球的春天、人类的夏天、城市的秋天、学说的冬天。

我一点儿也不怀疑，人的生命仍然分为四季，有展开之时，有卷起之日，带着人到达最大自由境地，直至从四季的桎梏和岁月的权势下得到永久的解脱。

然而，无论我们怎样坚持将一年四季与人生四季之间进行比较，无论此与彼之间的相似之处如何吸引我们，我也不应该对不会开口说话的自然界与有理性的人类之间的巨大差距视而不见。依照我们的躯体所遵从的规律而论，我们或多或少地无异于草木、昆虫和牲畜，因为我们像它们一样，要经历四个阶段……开花，成长，采果，衰败。但是，我们具有草木、昆虫、牲畜所不具有的开花和成长要素……我们有思想、有想象力，有意志……所有这些，如果说受某种规律约束的话，那么，它不是四季那种规律，而是一种我们至今仍不明其目的与深度的规律，我们又如何为之划定界限呢？

也许我们当中某人年迈，于是神经衰萎，耳欠聪，目不明，多数器官出现故障，失去正常功能；虽然如此，他却仍富有想象力，意志坚强，思想与心脏还很年轻；而另有一个人，虽正当华年，思想却在摇篮里，想象力仅在袖口，意志已入老年。在人们当中，没有两个生命季节的意义完全相同的人，即使二者的年龄与外貌毫无差异。因此，谈人生的季节是很困难的，办法只有一个，即从总体上去谈论它；也许这个办法不适合于所有的人，但在多数情况下是适合于多数人的。

在人生的秋天，阴影不但多而且长。我们所进行的任何一种活动，或每一项爱好，或每一个想法，都会在我们的生活中留下阴影或痕迹；不论我们处于行、止状态，还是醒、睡之时，它都会与我们形影相随。这些阴影就像吉他上的琴弦一样，不停地振动，依照琴手的手指动作方向，时而这根弦被按下，时而那根弦弹起。弹琴者也许受控于突如其来的一种情感，也许受控于某种一闪即逝的思想，或者受控于不可抗争的某一事件。琴弦的嗡鸣一波一波传入我们的耳际，有欢乐之波，有悲伤之波，有赞美、歌颂之波，有斥责、非难之波，有胜利、舒展之波，有挫折、萎靡之波，直至登上人类情感阶梯的最后一级台阶。真正幸福者是那种已经进入人生秋天的人；自打春天一直绷紧到秋天的琴弦，成了金声玉振、音色动人、情感纯真的琴弦；他将在自己的人生之秋摘到最甜美的果子。

在人生的秋天，人们常常回顾往日，很少向前展望。每当我们接近必然结局时，我们便竭力回想过去，从往日里寻觅适合于那种必然结局的食粮。那些昔日路途上布满圈套、荆棘、黑影的人是多么不幸？正是他们在自己的手脚上绑上重物，然而却说："走，我们爬山去吧！"当他们无力负重时，便失望地后退，竟诅咒起山来，说那山令神鬼见愁。正是他们，人生之秋使他们病入膏肓，他们真希望生命永远是春天，而全然不知那是不可能的。他们终于懒于前进，因为他们看到眼前只有一个窄小、黑暗而又寒冷的泥坑。至于那些阴影淡薄的人们，他们则乐于在人生之秋展望未来；眼前的一切蒙不住他们的眼睛。冬天只能伤害那些无家可归，以及那些家无隔夜粮的人。那些已为冬季来临备足粮食的人们，即使在严冬里，他们也会得到最美好的思想与情感。

在人生的秋天，血和肉的活力极大限度地松弛下来，胸间没有炽燃的火焰，没有抽击心与脑的长鞭，没有缠绕枕席的梦幻，没有耸入云霄的宫殿，没有幸福之光照耀下的双眼。然而此时此刻，人却有不可意料的幸福临门；因为他永远地摆脱了欲望的引诱和唆使，而且那种诱使是不可救药的。

在人生的秋天，最宜于深思熟虑，自我清算。人度过了自己生命的春天和夏天，迎来了无可逃避的秋天，无论其思维与想象力多么迟钝，他一定会问自己：自打看到人间光明时就沉睡着的力量从何而来？又是谁将其从昏睡中唤醒，然后进行组织、训练，继而组成大军，在一千个前线进行一千次战斗，或胜或败，或强或弱，或饥或饱。然而绝不投降，一直战斗下去；或进或退，或攻或守，战斗的意义究竟何在呢？有其向往的远大目标吗？目标究竟是什么？再则，我们为什么一时竟相信那种天性和力量，而后却不顾我们的反对，硬要收回去呢？难道因为我们不大理解它？或者我们没有用好它？谁晓得我们当中谁善于使用、谁又不善于使用它呢？这些与我们永不分离的影子，莫非仅仅是某种记忆？我们何必欢迎其中某些影子，而又躲避另一些影子呢？为什么这个影子亲近我们，使我们高兴，而那个影子又疏远我们，抛弃我们，好像我们的心灵在哭号呢？难道仅仅直觉本身就足以向我们报告善恶，还是人们当中有比直觉更忠实可靠的向导呢？在永恒的斗争中，善与恶又算什么呢？究竟是善与恶在进行搏斗，还是我们之间在进行搏斗？在茫然与高热状态下，我们所看到的是我们同大自然的搏斗，不是吗？

也许人从自己生命的秋天采摘到的最佳果实是平静、安然的心情：感到有许多颗心脏在自己的胸中跳动，友谊、情怀、爱慕自在其中；感到自己的根已经延伸到很远的地方，在生活的土壤里茁壮成长；感到自己落在大地上的阴影是那样浓密柔和，足以让辛勤的劳动者和无家可归的流浪汉在那里歇荫乘凉。人可以用这样的情感展望人生的冬天，足以使冬之严寒变为温暖，令凄凉变成热闹，使荒芜化为肥沃。人若能把坚定的信仰与生命的哲理、美妙与公正联系在一起，那么，他便能够面对死如同面对生，面对坟墓如同面对摇篮。

李唯中　译

生命礼赞

〔俄罗斯〕阿斯塔菲耶夫

丽娜在莫斯科已经生活了半个月了。是生活吗？不，不是，不是生活，对她来说是又多活了些时日。

她一向认为“生活”这个词可有两层意思，但是，事实上却是不可能的。她特别希望把“活到……”这个动词的讨厌的前缀“到”字勾掉。“活着”，“生活”这个词多么美好，内涵多么深邃！为什么要给它加上一些前缀而改变它的意义呢？可是，动词前缀“到”，“到”，“到”——“活到……时为止”是客观存在，它如同心脏跳动一样，无时无刻不在胸中、在脑海里、在每一块肌肉、每一个细胞里引起反响……

仅仅能“活到”二十岁！这太荒谬，太不近情理，太可怕了！

丽娜在医学院学习，她已经学到了某些知识，尽管可能学得还不多，但是，已学过的知识足以使她不致受到哄骗了。不过人们还是一心想向她隐瞒病情。按照古代诞生的医学规范，人们不应该对她说她已经身患绝症，而且将不久于人世……

丽娜的母亲正像许多俄罗斯母亲一样，经历过战争，战争使她们过早地衰老了。由于战争父亲成了残疾人，他用仅有的一只手绘图，重新又当上了设计师。父母二人得知女儿患了不治之症的消息早于丽娜本人，他们想方设法保守秘密，也假装着快活。为什么要这样做呢？难道能够隐瞒得住吗?他们比任何人都更加可怜、更加不幸，他们很难掩饰这一剧痛，心如刀绞。

有一天，他们家里安装上了过冬用的外层窗户，以便保暖。已是深夜了，丽娜悄悄爬下床，像小时候那样，赤着脚，啪嗒啪嗒地跑到父母的卧室里去，在他们俩之间躺下，父亲和母亲起初是吓了一跳，接着立刻给她腾出地方让她夹在他们之间，后来又同时扑向她，紧紧拥抱着女儿。母亲实在忍不住先哭了起来，父亲哽噎着，把眼泪咽到肚子里，他由于慌乱，没加小心，他的断臂触痛了女儿的肋骨。

“让我到莫斯科去吧！”当母亲哭得精疲力竭，父亲忍住啜泣的时候，丽娜提出了要求。

“好的，好的，好孩子。我们送你去莫斯科。”

“不，我想一个人去！”

一个人去就让她一个人去，父母也同意了。近来他们对女儿的任何要求都一概应允，满足她所提出的一切，哪怕是任性的要求。他们别无选择。

现在，丽娜已经在莫斯科住了半个月了。住在这个城市里，四处走一走，看一看。她对父母说她将进行治疗。他们听了非常高兴，相信她，等待出现奇迹。可是，她呢，她只是想观光，游览，松口气，什么也不去想，不去思索。

但是，不能不去思索。

忘却也是不可能的。

她走进剧院观看节目，在那里，几乎每一部歌剧，每一出芭蕾，每一场话剧都要表现死亡。世界永远分割成为两个极：生与死。一切都容纳在这两个不能再短的词里，蕴蓄在这两个概念中，存在于这“两极”之间。

人们曾经喜欢、现在也仍旧喜欢看到死亡。他们写了那么多震荡心灵的有关死亡的书籍，创作了那么多恢弘壮丽的乐章，拍摄了使人战栗、令人毛骨悚然的电影，绘制了令人发指的绘画。

在特列吉亚科夫画廊里大约有一半的绘画展示死亡，而参观者一连几个小时站在一幅幅绘画前欣赏着杀死儿子的沙皇、画家维列夏京笔下的安魂弥撒，还有溺水者、失去理智的公主塔拉卡诺娃和垂死的无名囚犯；人们一连几个小时排着长队,迈着碎步,慢慢吞吞地向陵墓移动,仅仅是为了看上一眼一位已经死去的人;成群结队的人拥到瓦岗口公墓和新圣母公墓,漫步在密密麻麻的墓碑之间。

也许,当他们观赏这一切时的那种泰然自若的态度,是因为他们还没有感觉到死神之临近,他们还不知道何时将会死亡,是不是这样呢?!

丽娜已经看厌了死亡的场景。她腻烦了,懒得再去想它。于是,有一天,她到动物园去闲逛。在那里她也不开心。她从心里可怜那些乞讨的熊,它们的两只后掌已经磨掉了毛,光秃秃的,这是因为要取悦于游人,它们不得不常常练习坐在地上,耍各种"把戏",为的是得到游人投掷的一块糖、一块小面包;她怜悯起那些她自幼就害怕,但从未见识过的睡眼惺忪、半毛半秃的猛兽。这些野兽被困在笼子里,虽然巨齿獠牙,可是丝毫都不可怕。还有那些蛇类,更加使她厌恶,它们紧紧贴靠在玻璃框子上,分叉的舌头颤动着,有毒的牙齿隔着玻璃窗恶狠狠地啃啮着游人。有一位女士看着穿山甲、鳄鱼和各种各样的蛇,说了一句明显的蠢话:"我一辈子也不想在这些爬虫待的地方生活。""只要活着,就是把我关在笼子里,我也心甘情愿。"丽娜用这句蠢话反驳了她。然后,沿着公园小径飞快地跑出动物园。

"要活着!"

依旧是这个词。这个词无处不在。

她顺着围墙奔跑着，看见前面有一个通向邻院的入口，有一个收门票的阿姨被太阳烤得昏昏欲睡，丽娜从她面前溜了过去，在一张长椅上躺下休息。她喘息片刻，开始环顾四周。最近几天，她越发感觉到疲倦乏力，她已经不可能整天整天地逛莫斯科了，总是想卧床休息。可是她又害怕床褥，她努力想战胜自己，强使自己走啊，走个不停。当她站在广场上，挤在人群当中的时候，她多么想大声呼喊：

“人们啊，我的善良的人们，我很快就要死去，怎么会死呢？”

地球仪。带着闪闪发亮的环，蓝色的地球仪。天象图，人造卫星轨迹图。丽娜明白了。她这是来到了天文馆。

“天文馆就天文馆吧！反正都无所谓！”她这么想着，走进大厅，买了入场券。解说员讲述了有关陨石、昼夜交替、地球上的四季更迭。参观的孩子们目不转睛地看着人造卫星的模型、火箭。顺着飞檐排列着星座的图形。丽娜看见了与她患的不治之症相同名称的那颗星——巨蟹星座[1]，她的心猛然一震，多么荒谬！是谁想出的这个星名？她咬紧牙关向楼上走去，她不知不觉地到了天文馆的圆顶里面了。

坐在那里的人们吃着冰淇淋，把包装纸轻轻地扔到坐椅下面，等待着有人来解说。

灯光暗了下来。解说员的声音在大厅里响了起来。他讲

[1]在俄文里巨蟹星座与癌症是同样的词。

着关于宇宙的知识，孩子们在座位上不安地动弹着，嘀嘀咕咕地说着什么。在昏暗中看不清解说员的表情，他一再要求听众保持肃静，并且继续讲解着。

在天文馆里天空上映出了电影画面：古代学者对世界结构的解释，伽利略[1]、布鲁诺[2]的照片以及阻挡探索真理和科学道路的教权主义者形象一一展现在眼前。

在这里，如同在剧院、影院、画廊里一样，表现的内容同样是把那些勇于探索、善于思考的人投入火中焚烧，打断他们的脊骨，锒铛入狱。统治者任何时候都不能容忍那些比他们聪明、比他们勇敢的人。他们挖空心思臆造出了一个词儿：退化者。人们不是去反对战争、灾难和疾病，而是自己助长自己的死亡，数千年来他们使用暴力相互残杀。

在美国，人们说：我们没有进行爆炸，只是爆炸了氢弹的弹头。谢天谢地，幸好仅仅是弹头，如果是氢弹本身爆炸呢？它必然也会引爆其他炸弹。那时候，世界上最大的城市纽约将不复存在。可能，这还只不过是可怕战争的开端，紧接着，一切——笼子里和笼子外面自由的野兽、玻璃柜中的毒蛇、统治者和平民、杀死儿子的沙皇、急忙吃着冰淇淋的孩子们——都将化为灰烬。他们怎么会突然消失了呢？哪里去了？没有人能够，也没有人愿意回答这个问题。

---

❶伽利略(1564—1642)意大利物理学家、天文学家。

❷布鲁诺(1548—1600)意大利哲学家；因反对经院哲学，被宗教裁判所烧死。

人们喜欢目睹死亡,但是不喜欢去思考死亡。

天文馆里的天空上天体在移动,那是太阳。太阳赐给万物以生命。太阳沿玩具一样的天空滚动,在玩具一样的莫斯科上方高悬,而太阳本身却也像玩具似的。太阳沉落在齿状的房檐后面了。大厅里一片黑暗,闷热。丽娜用报纸扇着风,她在猜测究竟在这闷热的大厅里还要坐多长时间?

忽然,大厅圆顶上空繁星闪烁,这些星辰与她平时在外面的天空上看到的一模一样。高空的什么地方响起了音乐。乐声飘荡,传送到远方。

丽娜不止一次听到过这支乐曲,她知道这是柴可夫斯基的作品,就在这一瞬间,她看见了仙境中的天鹅和扼杀她们的恶魔。不,这部作品不是为了天鹅之死而写的。那么,它刻意表现的是什么呢? 它是歌颂繁星的乐曲,它是歌颂生命永恒的乐曲。这乐曲宛如光亮,在遥远天际响起,飞到这里,飘向丽娜。这乐曲遨游了很久很久,也许,比星光还要久长。

群星闪耀,群星放射光芒。群星不可悉数,群星终古不息。乐声激越,响彻四方,向天空升腾,越飞越高,越飞越高。在星空之下诞生的人们向碧空带去他们的问候,赞美了永恒的生命和地球上的万物。

星星啊,永恒的星星,你们是这般遥远,又是这般相近!难道有什么力量能够毁灭你们,遮挡住天空的光辉吗?没有!没有这种力量,将来也不会有!人们不愿意,也不可能愿意星星在他们眼前泯灭、消逝。

乐声响遍苍穹，它冲向相距最远的那颗星，震撼着广袤无垠的大地。

丽娜真想纵身跳起，放开喉咙高喊："人们、星星、天空，我多么爱你们啊！"

她举起双手，从座位上站起来，她的全身竭力向上伸展，并且反复祈祷：

"活下去！活下去！"

在她的头顶上奏起音乐，乐声高亢，昂扬。那是生命礼赞。

永恒的群星由于乐声而更加璀璨。它们近在咫尺！

张大本　陈淑贤　译

断崖

〔日本〕德富芦花

一

从某小祠到某渔村有一条小道。路上有一处断崖。其间二百多丈长的羊肠小径，从绝壁边通过。上是悬崖，下是大海。行人稍有一步之差，便会从数十丈高的绝壁上翻落到海里，被海里的岩石撞碎头颅，被乱如女鬼头发的海藻缠住手脚。身子一旦堕入冰冷的深潭，就会浑身麻木，默默死去，无人知晓。

断崖，断崖，人生处处多断崖！

二

某年某月某日，有两个人站在这绝壁边的小道上。

后边的是“他”。他是我的朋友，竹马之友——也是我的敌人，不共戴天之敌。

他和我同乡，生于同年同月，共同荡一个秋千，共同读一所小学，共同争夺一位少女。起初是朋友，更是兄弟，不，比兄弟还亲；而今却变成仇敌——不共戴天的仇敌。

“他”成功了，“我”失败了。

同样的马，从同一个起跑线上出发，是因为足力不同吗？一旦奔跑起来，那匹马落后了，这匹马先进了。有的偏离跑道，越出了范围，有的摔倒在地。真正平安无事跑到前头，获得优胜的是极少数。人生也是这样。

在人生的赛马场上，“他”成功了，“我”失败了。

他踏着坦荡的路，获取了现今的地位。他的家丰盈富足，他的父母疼爱他。他从小学经初中、高中、大学，又考取了研究生，取得了博士学位。他有了地位，得到了官职，聚敛了这么多财富，而财富往往使人赢得难以到手的名誉。

当“他”沿着成功的阶梯攀登的时候，“我”却顺着失败的阶梯下滑。家中的财富在短时间内失掉了。父母不久也相继去世。年龄未到十三岁，就只得独立生活了。然而，我有一个不朽的信念。我要努力奋斗，自强不息。可是正当我临近毕业的时候，剥蚀我生命的肺病突然袭上身来。一位好心肠的洋人，可怜我的病体，在他回国时，把我带到那个气候和暖、空气清新的国家去了。病状逐渐减轻。我在这位恩人的监督下，准备功课打算投考大学，谁知恩人突然得急症死了。于是我孑然一身，漂流异乡。我屈身去做用人，挣了钱想寻个求学的地方。这时，病又犯了，只得返回故国。在走投无路、欲死未死的当儿，又找到了一条活路。我做了一名翻译，跟着一个洋人，来到了海水浴场，而且同二十年前的"他"相遇了。

二十年前，我俩在小学校的大门前分手，二十年后再度相逢。他成了明治天下一名地位煊赫的要人，而我是一名半死不活的翻译。二十年的岁月，把他捧上成功的宝座，把我推进失败的洞穴。

我能心悦诚服吗？

成功能把一切都变成金钱。失败者低垂的头颅尽遭蹂躏。胜利者的一举一动都被称为美德。"他"以未曾忘记故旧而自诩，对我以"你"相称，谈起往事乐呵呵的，一旦提到新鲜事儿，就说一声"对不起"。但是他却显得洋洋自得，满脸挂着轻蔑的神色。

我能心悦诚服吗？

我被邀请去参观他的避暑住居。他儿女满堂，夫人出来行礼，长得如花似玉。谁能想到这就是我同"他"当年争夺的那位少女。

我能心悦诚服吗?

不幸虽是命中注定,但背负着不幸的包袱这是容易的吗?不实现志愿绝不止息。未成家,未成名,孤影飘零,将半死不活的身子寄于人世,即使是命中注定,也不甘休。然而现在“我”的前边站着“他”。我记得过去的“他”,我看到“他”正在嘲笑如今的“我”。我使自己背上了包袱,他在嘲笑这样的包袱。怒骂可以忍受,冷笑无法忍受。天在对我冷笑,“他”在对我冷笑。

不是说天是有情的吗? 我心中怎能不愤怒呢?

三

某月某日,“他”和“我”站在绝壁的道路上。

他在前,我在后,相距只有两步。他在饶舌,我在沉默。他甩着肥胖的肩膀走着,我拖着枯瘦的身体一步一步喘息,咳嗽。

我的眼睛不由自主向绝壁下面张望。悬崖十仞,碧潭百尺。只要动一下指头,壁上的“人”就会化作潭底的“鬼”。

我掉转头,眼睛依然望着潭下。我终于冷笑了,瞧着他那宽阔的背,一直凝视着,一直冷笑着。

突然一阵响动。一声惊叫进入我的耳孔,他的身子已经滑下崖头。为了不使自己坠落下去,他拼命抓住一把茅草。手虽然抓住了茅草，身子却悬在空中。

“你！”

就在这一秒之内，他那苍白的脸上，骤然掠过恐怖、失望和哀怨之情。

就在这一秒之内，我站在绝壁之上，心中顿时涌起过去和未来复仇的快感，同情。各种复杂的情绪在心中搏击着。

我俯视着他，伫立不动。

“你！”他哀叫着拽住那把茅草。茅草发出沙沙响声，根子眼看要被拔掉了。

刹那之间，我扒在绝壁的小道上，顾不得病弱的身子，鼓足力气把他拖了上来。

我面红耳赤，他脸色苍白。一分钟后，我俩相向站在绝壁之上。

他怅然若失地站了片刻，伸出血淋淋的手同我相握。

我缩回手来，抚摩一下剧烈跳动的心胸，站起身来，又瞧了瞧颤抖的手。

得救的，是他，不是我吗？

我再一次熟视着自己的手。

四

翌日，我独自站在绝壁的道路上，感谢上天，是它搭救了我。

断崖十仞,碧潭百尺。

啊,昨天我曾经站在这座断崖之上吗?这难道不就是我一生的断崖吗?

陈德文 译

变 化

〔科威特〕穆·纳素夫

美国大评论家华尔德·李普曼说:“我多么佩服这个女人,她在生活中无时无刻不在进行建设性的工作,她的整个生活都充溢着良善之事。她是一位具有巨大能量的、少见的女人。”

华尔德所说的女人不是别人,是美国前总统富兰克林·罗斯福的遗孀埃莉诺·罗斯福。她在丈夫死后,为人们为社会谋福利而竭尽全力。

当埃莉诺读到这番评论时莞尔一笑,平静地说:“我的朋友华尔德说有巨大的能量推动我进行建设性的工作,是错误的。我只不过是一个平凡无奇的女人,与其他女人毫无二致;重要的是,我不浪费我的时间和能力,而去思考过去、现在和将来。”

美国哲学家威廉·詹姆斯说："变化者生，静止者死。"

他还讲了一位妇女的故事：这位妇女做他的管家达40年之久。一天，她突然提出要辞职，因为她已年逾七旬，身体不行了。

几年过去了，她的一切消息都断绝了。一天傍晚，哲学家听到一阵敲门声。当他把门打开时，一位白发苍苍但体态轻盈的老妇人出现在他的面前。只见她健步上前，自我介绍道："我的先生，我是林达，林达，您的老管家呀！您难道忘了吗？"

哲学家此时尽管启动唇舌，却半天吐不出一个字来，他睁大着两眼，惊奇地看着她。半晌，他才记起应该请客人进屋。当她坐定后，便激情地向他讲述了她后来的生活情形。

她说："我就是那个林达。我是来邀请您出席我主持的首次演出晚会的。我不仅成了演员，而且回到我早年的学校，重新学艺，并且授课，居然成功了！我已开始了我的新生活！"

这时已是她离开这个家庭的第七个年头了！

我们自己应该如何来对待生活中的巨变呢？我们是原地不动，还是自暴自弃？是眼睁睁看着生活的列车匆匆来去，还是勇敢地踏上列车，奔赴更美好的前程？

解传广　译

诸"神"的衰落在继续

〔保加利亚〕阿·阿达切夫

有一个鲜明的时代现象，我们且称它为"兴旺发达"吧！它特别表现在膳食(烹饪)领域。20年前，我乡亲们的膳食结构是怎样的呢?咸肥肉、油煎玉米饼和云豆是最基本的要素。这三者之中，油煎玉米饼大概是最受欢迎和最招人喜爱的好吃食品了。啊，好一个油煎玉米饼！谁要是没有制作过和吃过，谁的体会就很难达到那些制作过和吃过的人的境界。记得在儿时，每逢家中做油煎玉米饼，母亲刚往面里加水，我们激动的情绪就开始蔓延了。随后，一些猜想接踵而来：是与咸肥肉一道炸，还是做成面饼单炸?是就稀酸奶吃，还是就卷心菜汤吃?母亲会不会在那上面撒上一层白奶酪末儿或者浇上浓浓的果汁？如此等等。

当玉米饼在炉灶上煎烤得冒出腾腾热气时，我们的兴奋情绪更加高涨起来。肥肉一旦炸出油来，这油香便同玉米面经开水烫后发出的香味美妙地混合在一起。终于，一盆炸熟的玉米饼端上了小矮桌，孩子们的刀叉直向它伸去，那称之为“品尝玉米饼”的神圣动作就此开始了。

油煎玉米饼不仅给人以享受，而且给人以力量。中午用它填满肚子，到晚上也不会感到饥饿。如果你请锯木工为你锯木板，要想让他们从大清早一直干到天黑，那么，你就用玉米饼招待他们吧。在收割和打场的大忙时节，正是玉米饼支撑着每一种沉重的劳动，而不是别的，比方说煎鸡蛋什么的。可到了今天，煎鸡蛋人们倒是还在吃着，而玉米饼却见不到了，从小矮桌上消失了。如果这享有古老名声的食品还能在某时某地把人们聚集在一起，那更多的是作为一种追忆，而不是真正想用它来一饱口福。

这既能果腹充饥而又受人欢迎的食品何以会受到如此冷落呢？

对此，我问过许多人，他们中多数回答说：那是因为它吃起来使人感到发腻。看来，这有道理，乡民们的口味变得精细挑剔起来了。不过，也另有原因，当今农民重体力劳动逐渐减少，它不需要像原子弹一样的高能食物，即油煎玉米饼这类东西了；他们已不在乎如何满足能量的需要，而在乎如何对付多余的卡路里并防止形体的肥胖。

多半是由于这样的原因,村里人摈弃了油煎玉米饼。我并非偶然地运用"摈弃"这个词。在过去,如果说玉米饼在乡下被看作宠儿,那么,咸肥肉就是乡间传统饭桌上的真正皇后。那时,乡下人过圣诞节,往往把能宰最肥的猪的人看成最受尊敬的人。一块咸肥肉便足以使人们感到自豪。我们雅沃洛沃村有那么两三个人, 例如迪米特里卡和丹纽·塔夫列夫就曾被认为是最富有的人,因为他们的冻咸肥肉可以吃到来年接新。

对于我劳累不堪的乡亲们来说,咸肥肉不啻是生活中的宝物;正如皮沙诺夫形容的那样,是幸福、力量和钱财的源泉。只要背囊中有咸肥肉,就什么也不用怕:锄头不会沉重,道路也不再陡峭!遗憾的是,在多数庄稼人的家里,早在三月份它就消耗完了。人们干活时,食品袋中代替咸肥肉的只有那小小的盐瓶子了。现在,"盐和面包"与其说是主食品,还不如说是文学上的象征品。而在过去,盐和面包是日常果腹之物,而咸肥肉才是节日的佳肴呢。

现在人们也杀猪,但谁也不喜欢要那厚厚的咸肥肉。"我要它干什么?""谁去吃它?"现在大家都害怕盐,因为它"喝"水。而水,众所周知,它增加心脏的负荷,因此人们都追求新鲜的淡食,无论是烧烤或炖煮,都要讲究物品的新鲜,换句话说,咸肥肉已经退出饮食王国的宝座,转而列入特殊浓味食品系列中去了。

迅速的变革也波及了糖渍和糖煮水果。十年前，雅沃洛沃村有位牙科医生，他的妻子柳普卡用李子制作了家用糖煮水果。她的制作方法被其他妇女所接受，糖煮水果就因此变成了当地农村饭桌上一道普通而可口的甜食。不过，我们老乡的胃口并不以此为满足。他们以一种兴致勃勃的好奇心，一种自行其是的冲动开始了新的探索和开发。过了不到一两年，糖水李子被淘汰了，改为制作糖水桃子。不久，桃子被木瓜所代替，而现在则又孜孜不倦地探索更“克拉沙特卡”的东西，如采用酸李、野莓、刺梨（不是家生的，而是野生的）等等。要是今秋村里人开始用茨果制作糖渍水果，也不会有人觉得是异想天开的事了。

传统的香甜桃子已不能满足我们这辈人的口味。甜东西像甘纽大叔[1]那样遭人嫌弃，而酸涩的木瓜便反而受到偏爱。

文化演进也涉及饮食风味领域那些最坚实稳固的标准。比如牝山羊肉，更具体地说，烤山羊肉吧，这自然是指没生仔的小牝山羊，并直接在火上烧烤的。谁要是吃过这种烧烤，当然知道那是什么味道。要是没吃过，怎么解释也没法说明白。嗨！你能给我解释清楚一支乐曲，一支巴赫的赋格曲（请上帝饶恕）吗！烤羊肉就正像乐曲，甚至像交响乐曲那样富有魅力。唯一的区别是，这样的乐曲或交响乐曲不是通过听觉，而

---

[1]系保加利亚阿·康斯坦丁诺夫的著名讽刺小说《甘纽大叔》中的主人公，是资本主义原始积累时期贪婪、自私、粗鄙而又不懂文明的致富者的典型。

是通过味觉来品尝的。

不过，这个“标准”，这个“顶峰”，这支“乐曲或交响曲”（你们愿意称之为烤山羊肉的）还是被突破了，因为山羊肉被认为具有难嚼的韧性。好吧，撇开山羊肉不谈吧！可是绵羊肉也很快被人厌弃，因为它也被认为太肥、太腻。于是，只好转向小牛仔肉。现在愈来愈多的人是看好牛仔肉了。

如果连山羊与绵羊肉、受人青睐的玉米饼，以及被尊为“皇后”的咸肥肉都遭到了同样的命运，那么，谈及沸腾的风味革命所带来的次等牺牲品又有什么意义呢？这恐怕不仅仅是个风味多样化的问题吧？

一些“神”衰落了，另一些“神”又迎面走来。这就是说，旧的观念和习惯正在不断地发生变化。我们的农民从尘埃中渐渐站直了身子，取下了头上的风帽，戴上了礼帽，脸上满是笑容，他们似乎在呼唤：

“杜什科，给我‘一朵云’！”

陈九瑛　译

门

〔美国〕莫雷

开门和关门是人的一生中意味颇为深长的动作。在门内埋藏着多少奥秘啊!

谁也不知道当他打开一扇门时,期待着他的是什么。即使是最熟悉的房间,时钟嘀嗒作响,黄昏时分炉火正好,却也会隐匿着意外之事。修水管的工人竟然来过了(就在你出门的那一会儿),而且把那个漏水的龙头修复了。厨师也许突然发了忧郁症,因而她要求保障。聪明的人总是带着谦逊的态度和一种逆来顺受的精神来打开他的前门的。

我们这些人中间,有哪一个不曾坐在某一个接待室里,注视着一扇富有意义的门上那不可思议的格板呢?也许你在等待申请一个职业,也许你有笔“交易”,你是野心勃勃急于做成。你注视着那位机要速记员出出进进，漫不经心地转动着那神秘莫测的门，那扇门对于你却转动着成败得失。然后那年轻的女人说："克兰伯利先生此刻要见你。"在你握着门的把手的当儿，就会闪出这样的念头，"当我再开开这扇门时，将会有什么事发生呢？"

有各种各样的门。为大旅馆、店铺和公共建筑物设置的转门，这些是现代生活方式的忙忙碌碌的象征。难道你能想象约翰·密尔顿或威廉·潘恩匆匆忙忙穿过一扇转门吗？此外还有稀奇古怪的、碰碰撞撞的小门，这些仍旧在变相的酒吧间外面晃动着，而且仅仅有从肩膀到膝盖那样高低。还有活板门、拉门、双层门、后台门、监狱的门、玻璃门。然而，一扇门的象征与奥秘则寓于它的隐蔽的性质。一扇玻璃门不成其为门，它只是一个窗户而已。门之为门就在于隐藏着内部的事物，使心儿悬念不止。

同样，也还有许多种开门的方式。当侍者给你端进晚餐的托盘时，他用胳臂肘高高兴兴地推开了厨房的门。还有在倒霉的书商或小贩面前，疑疑惑惑、勉勉强强地退进门内的那种开门。还有仆役装腔作势、小心翼翼地、步履交错地向后退着，敞开橡木制的壁垒森严的属于大人物的大门。还有牙医的女助手那富有同情心的、令人肃然的沉默，她开了通向手术室的门，一言不发，却暗示着医生已为你准备就绪。还有大清早一扇门轻快地猛地打开，护士走进来——"是个男孩！”

门是不受干扰的隐居的象征，回避的象征；心灵躲进极乐的平静或悲哀的秘密搏斗的象征。一个房间没有门就不是一个房间，而是一个过道。一个人不管在哪儿，在一扇关着的门里面，他就可以无拘无束。在关着的门内用脑最灵。人不是要被赶在一块儿放牧的马群。狗还知道门的意义并为之苦恼呢。你可曾注意到一条小狗依恋在一个紧闭的大门边？那是人生的一个象征。

开门是一个神秘的动作：它本身存在一种形容不出的情趣，一种进入一个新的时刻，人类繁琐程序的一种新的模式。它包含着极大的人世间喜悦的闪现：重聚、和解、长久分离的情人们的狂喜。甚至在悲哀中，一扇门的开启也许会带来慰藉：它改变并重新分配人类的威力。然而门的关闭却可怕得多。它是一种最后定局的自白。每一扇门关了就是结束了什么。在门的关闭中有不同程度的悲哀。一扇门砰地关上是一种软弱的招认。一扇门轻轻地关上往往是生活中最为悲剧性的举动。人人都懂得在刚刚关上门后那种被极度的痛苦揪心之感！当心上人就在近处，声音依稀可辨，而人儿却已远去。

开门和关门是一部分生命的严酷的流传。生命不会静止而听任我们支配。我们不断地怀着希望将门打开，又带着绝望把门关上。生命并不比一斗烟丝延续得更为长久，而命运却把我们像敲落烟灰似的给敲落了。

一扇门的关上是不可挽回的。它突然拉断了捆扎着心儿的绳子。再开一下，再退回来，也是枉然。平内罗[1]是胡言乱语，当他迫使波拉·谭克雷说："未来仅仅是过去通过了另一扇大门走进来而已。"天啊，哪儿还有别的大门！门一旦关闭，就永远关闭了。通往消逝了的时光的脉搏并没有别的入口。"指动字成，字成指动。"

还有某一种关门是我们所有的人都会遇到的，那种关得非常轻的关门，只有门闩急速地咔嗒一声打破了寂静。但愿到那时他们会想到我们未完成的合乎体面之事，而不要想到我们过去早已完成的小小不端行为。然后他们便走出去，关上了门。

杨苡 译

---

[1] 阿瑟·温·平内罗（1855—1934），英国剧作家。波拉·谭克雷为其代表作《谭克雷的续弦夫人》中的一个人物。

漠然

〔英国〕劳伦斯

我的阳台在旅馆东侧，右边的邻居是一位法国人，白发苍苍，还有他白发的太太；左边住的则是两位白发的英国夫人。我们都非常腼腆，羞于相见。

早晨，我从自己的房间向外窥望，只见那位法国太太身穿紫色绸便袍，正像舰桥上巍然而立的船长一样俯视晨景。趁她还没看见我，我赶紧缩了回来。同样，每当我一露面，那两位瘦小的白发夫人也会像两只白兔一样赶紧缩回去。所以，实际上我只能瞥见她们一闪即逝的裙子边。

下午，天气炎热，雷声阵阵。我骤然惊醒，赤脚来到阳台上，静静地坐在那儿，思考着世事人情。左边阳台上，从打开的房门中伸出两把躺椅的端头和那两位夫人的两双脚。不过，我并未留意。下午，又热、又静！眼前，湖水闪烁，群山沉沉，草木葱葱，一切都那么沉静，显得有些怕人。近处山坡上，两个工人正用大镰刀割草，发出“刷——刷——”的声响。

两位夫人觉察到我的存在。我也觉察到，旁边阳台里从门中探出的躺椅端头上，两双用毯子裹得好好的脚开始有些不安起来。一双突然不见了，接着是另一双。一片沉寂！

喔，看哪！真奇怪，其中的一位白发夫人突然一闪露出头来。她身穿灰色绸衫，一双蓝蓝的大眼睛直盯盯地望着我，并且说这会儿可好受多了。我回答说，是凉快点儿了，装出一团和气。她表示同意。我们又谈到割草的工人。那刷刷的割草声又长又真切。

现在我们已谈得十分亲密。我们谈到樱桃、草莓，谈到葡萄会有好收成，又不知怎么谈到意大利和墨索里尼。我还没弄清是怎么回事，那位瘦小的白发夫人就已经把我从阳台上带走，离开了如镜的湖水和阴霾的群山，告别了两位割草工人和樱桃树，一下卷进国际政治的谜团之中。

我已无法像蒲公英那样稳稳地坐在自己的枝干上，这位瘦弱的夫人一口气就把我吹到了海外，可当时我正愉快地观察着那两位割草工人：年轻的双腿修长，一条鲜艳的蓝布裤，光着黑脑袋，轻捷地挥动着镰刀，沿山坡向下推进；另一个穿黑裤子，胸部厚实，戴一顶平顶草帽，机械地跟在后面，每割一刀的最后都要狠狠地用一下力。

我观察着两位工人的割草动作有哪些不同，十分好奇。年轻的消瘦，身着蓝裤，色彩鲜艳；年长的肥胖，穿黑色旧裤，肚子鼓鼓的。两个人割草用力的方式也不同。年长的动作缺少美感，一抖一抖地往前走，头上的新草帽让人看了也不舒服。于是，我试图让那位夫人也对这些产生兴趣。

可这些对她毫无意义，割草工人、群山、樱桃树、湖水——所有近在眼前的东西她都不感兴趣，似乎这些东西会把她从阳台上吓跑。不过，她还是稳稳地站在那儿。她岂止是没被吓跑，她就像童话中的妖怪一样将我一把抓起来，投入到是非善恶的一片空洞、荒漠的虚幻之中——什么政治、法西斯，如此等等。

最坏的妖怪也不可能这么邪恶地对待我。什么是非善恶，什么政治、法西斯、抽象的自由或诸如此类的事情，我都不感兴趣。我想做的，只是观察那两名工人，并琢磨：那个年长的穿黑裤子的胖工人为什么偏要戴一顶平顶的新草帽，为什么会一抖一抖地前进，每割一下的最后为什么要用那么大劲儿，惹得我好不痛快；而那位瘦长的年轻人，身穿鲜艳的蓝布裤，黑黑的光头，每割一下都轻轻向上一提，动作却那么可爱。

为什么现代人总是忽视眼前存在的事实？既然从英国出来就是要寻找山峰、湖水、割草人和樱桃树，而现在这些都历历在目，那么这位瘦小的蓝眼睛夫人却为什么决意对此视而不见,非要去寻找不在眼前的墨索里尼,去谈论看不见摸不着的法西斯主义呢?她为什么不安于眼前的一切?为什么对已经看到的总是不满足?她干吗要去费那份儿心思呢?

现在我明白她的蓝眼睛为什么那么圆,圆得那么引人注目了。那是因为她有"关切"之心。她被那个神秘的"关切"的幽灵困扰着。地球上凡是与她无关的东西她都"关切"。她关切之极,因为遥远的、看不见的、臆想中的意大利人穿上了黑衬衫,而对眼前这位镰刀下处"刷、刷"有声的年长割草人为什么穿黑裤而不是艳蓝色布裤,她却毫不关心。现在如果她能走下阳台,爬上山坡,对胖胖的割草工人说"Cher monsieur,pourquoi portezvous les pantalons noirs?[1]嗨,您为什么穿黑色的裤子?"那我就会说,这是一位多么现实的夫人啊!——然而她却只会用国际政事折磨我,那我就只能说,这是个多么令人讨厌的不现实的女人啊!

他们关切,他们几乎被关切心所吞噬。他们关心法西斯主义,关心国际联盟,关心法国是否正确,或婚姻是否受到了威胁,他们关心这,关心那,就是不知道自己身处何地。他们显然没生活在自身所在的地方,他们生活在一片抽象的空间中,一片由什么政治、原则,什么是非善恶之类组成的荒漠的空间中。他们注定走向抽象,与他们交谈无异于试图和代数中的X建立一种人与人之间的关系。

[1]法语,意为:先生,你为什么穿黑色的裤子?

在现实生活和这种抽象的关切心之间存在一条深深的鸿沟。什么是现实生活呢？这主要指直接接触。在我和湖水、群山、樱桃树、割草人之间，甚至和修剪整齐的菩提树上一只不见其形、但闻其声的燕雀之间，都存在着一种直接的感官上的联系。所有这种联系都被那个抽象的大名词"法西斯主义"像一把无情的剪刀一样给剪断了。而隔壁的瘦老太就像希腊神话中的女神阿特罗波斯[1]一样，把我整个下午的生命线全卡断了。她砍下我的头，把它投向抽象的空间。而我们还在侈谈要爱自己的邻居！

谈到生活，我们靠的是本能和直觉。本能使我从那位过分认真的瘦夫人身边走开。是本能使我去闻菩提树的花朵，并伸手去摘那熟透的樱桃。又是直觉使我感到今天下午湖水出奇的平静，群山沉闷压抑；雷声过后的阳光下，附近的草地一片青郁。穿艳蓝色布裤的年轻人把草从镰刀上轻轻抖掉，年长的戴平顶帽，僵硬地挥动着大镰刀。两个人都在强烈的阳光下默默地流着汗。

李运兴　译

---

❶希腊神话中命运三女神之一，Clotho编织生命之网，Lachesis量其长度，而Atropos则砍断之。

发现世界

〔法国〕杜阿梅尔

一

世间万物，无一不是幸福的源泉。忧愁的缘起，总在于人太精明，滥用一切，滥用本来是为快乐而设的事物，反而使自己的身心受害。

每个人身上都多少蕴涵着难以置信的幸福，只有以这种品性所打开的角度，才好评价一个人。

真正的大商人通常的做法，就是把一切都折合成黄金的重量，无论一个人、一根梁木、一块麦田，还是一块宝石。他们的价值表是荒谬的，然而，这种估价原则却是行之有效、至关重要的。这些人错就错在要用这唯一尺度衡量一切,都折算成黄金,从而追求他们意中的享乐。如果他们追求的享乐是酒色,那么他们最终会将一根木材转换成酒和女人,在兑换中当然要吃很大亏。这种现象类似物理学家所说的能的退降:商人们逐渐降低享乐的档次,直到心满意足为止。其实,幸福要高尚得多,既不能降格、交易,也不能转化。幸福绝不会转化为商品。多少人把希望、未来寄托于聚敛物质财富上,经过多年勤奋寒苦的生活之后,所得到的却是惨痛的幻灭。其原因就在于,幸福的本性十分清高,十分放任,不会服从商贾的指令,只是遵循类似灵感的自身的法则,绝不肯赴经纪人的约会。觊觎已久的府邸可能会按预定的时间敞开大门,但是快乐要不要去拜访,则完全取决于我们的品德。

必须重申一句:估价的原则要以我们的精神生活为基础。不过,每样事物都要以其自身,并为了自身来进行评价。

一簇蝴蝶花,从芳香和美艳的角度看,价值很高,能愉悦或抚慰许多人的心灵。然而,它的市场价值却少得可怜,如果折算成建筑的石方或木材,那么价值简直微乎其微了。

砍伐并出售木材,凿石并改换我们住宅的砌石,5月去林中采蝴蝶花卖给城里人,这当然是必要的,也无可非议。但问题不在这里:首先必须拥有各种自然财富,然而应以基本需求为限,没有重大原因,绝不要硬性改变这些物资,否则就会永远不识一物,更谈不上真正拥有。

以操纵、囤积或出售诸如香料、果品、布帛等享乐物资为业的人，最终要丧失识物的能力，甚而产生反感或憎恶的情绪，这几乎是普遍的规律。厨师就没有胃口。在这广袤的世界上，我们不可当厨师，而要善于保留或者恢复每样物品的本味和内涵。

我特意使用“恢复”的字眼，因为尘世仿佛越来越偏离它的天性，亦即人性，我们唯一的属性。

一件宝石是件美物，从各种角度看都很美，颗粒、颜色、纹路、光泽和硬度，这种种特性能影响并满足我们的感官，引起我们的思考。这样一种物品，我们能派出千百种用场，无论是思辨的还是实际的。如果我们敢于肯定我们在快乐中和这些用途中，发现了这块宝石命定的造化，那么我们就将成为宇宙之王；反之，如果我们利用这种宝石去打击别人，那么我们就将比奴隶还要卑贱。

记得我曾目睹一些山丘弹坑累累，遍地是扭曲的长条弹片；就在那满目疮痍的地带，有一天我看见一个巨型弹壳，觉得人造出这种产品实在违反人性。铁是用途极广的金属，能用来制造许许多多美观的好东西，它却换上一副丑恶的面目。人实现了这种可悲的奇迹：歪曲自然，使之成为卑劣和罪恶的渊薮。

的确，每当我们改变一件本应造福的物品的使命，那就罪莫大焉。每当我们不肯为人为己，摄取一件物品所唯求提供的自身蕴蓄的全部嘉惠，那么罪过就更大了。

二

世界的寸草寸土都是幸福的源泉，正因为如此，人人都梦寐以求把福泉据为己有。

他们都不愿意为全人类解饮，不愿意让全人类都将发烧的面孔和焦渴的嘴唇探进清泉里。

从前，泉是黎民百姓的财富和奢侈品；人们总是修渠道，架渡槽，将泉水隆重地引给大众；丰美的泉流越过高山和低谷，进入城池，受到万众的欢呼；泉水在阳光下晶莹闪亮，从无数雕饰的口中喷出来，供给一地人民洗漱和饮用。

诸神的雕像守护着这一珍宝。

然而今天，最美的清泉却被栅栏围起来，人们必须到窗口交费才能饮用。

与此同时，所有快乐的源泉都似乎被少数人据为己有。

侵占的目的并不总是为了牟利，而往往是独占独吞的一种措施。拥有一样可供享乐的东西的人，总天真地以为如果他独自咬住这个吸之不竭的奶头，他就会更加幸福。因此他提心吊胆，总是草木皆兵，不知想出什么妙法才能保藏他的财产。他筑起高墙，墙头插上尖利的玻璃碴儿，让围墙露出利齿，不仅防守，而且摆出攻击的架势。他守着满堂金玉，有时却烦闷得哈欠连天；于是他就在围墙上凿出窗洞，但为谨慎起见，在墙外又挖了一道防护沟；他在里面仿佛说："你们瞧瞧我多么富有；从此经过的行人，瞧一瞧吧，高声叫嚷我是阔佬，因为，我开始不大确信这一点了。"

将一幅画、一棵大树、一块高级布料保藏起来，为一己之用，这还只是一件小小的荒唐事；然而，有人却极力攫取一条河流、一座高山、一个景区，乃至海洋。

几年前，我去游览戛纳和芒东之间的地中海海岸。十分吃惊地看到一种怪现象：山丘脚下的海岸公路连接千百种自然美景，可是，那条路时时偏离海浪的景观，仿佛被推到一边去了。

有的人霸占了欣赏美景的地段，他们将其财富当成楔子，打进神圣的大海和公路之间，要独占大海的黎明、中午的碧波金浪，以及大海的狂风暴雨。

走进歧途的兄弟们啊，你们不必心惊肉跳，无须惶惶不可终日，我们不会推倒你们的围墙，你们就在豪华的牢笼里安心度日吧，剩下给我们的份额还不小，还大得很，我们永远也享受不尽。

关紧你们的栅门吧，然而关不住你们藤蔓的清香，关不住东西南北风，也关不住万里晴空。你们毒化不了你们花坛的芬芳，我们经过时要畅快地闻一闻，然后继续赶路。我们要走向远方，要认识许多事物；我们能猜出事物数不胜数，要统统了解，一生远远不够。不过，你们若是加入进来，同我们一道流浪，也许会发现覆盖着柳穿鱼和野天竺葵的围墙的另一面。你们围墙外面的道路也通向欢乐。

况且，天下并没有处处建起这种幼稚可笑的围墙。人的贪婪性绝没有降服事物的全部美。你们尽可以掠走一捧流水；海洋恐怕毫无觉察。

请相信，独自绝不会真正占有什么。你们若是觉得合适，就把妻子的面孔罩上，每天下地窖去赏玩你们的金银财宝吧。独占不能成其为财富，顶多算作僵死的、毫无出路的财富。

然而，一生总是不断有所发现的人，肯定是富有者。

三

发现！这个词大概是神奇钥匙串上的一把钥匙，能打开我们面前每道门的一把钥匙。我们明白，拥有就是认识，就是理解，极言之，就是发现。

理解世界，这就抵得上大地主稳固的不动产；有所发现，这就意味突然发迹，一蹴而富，意味一个人生财有道，鸿运仿佛灵感一般，将自己的资本翻了一番。

一个儿童无拘无束地生长，其生活就是一系列的发现，就是时刻感到奇妙，不断丰富自己的过程。

我要进一步阐述，就必然想起我今天收到的一封出色的信件。信中谈到我的孩子，这样写道："你儿子真行，甚至在最荒芜的草地上，他也能找到最奇异的财富，找到取之不尽的珍宝；我让他坐在青草上的时候，猜不出他能弄出什么东西来。他辨识不同地面的本领令人称奇；他若是碰到沙子，就在上面打滚，把身子埋起来，还一把把抓起沙子，乐滋滋地往头发上撒。昨天，他发现一个鼹鼠洞，表现出多大兴趣，你是想象不出来的。他到一个斜坡上，也是乐不可支，又能走下去，又能跳下去或者滚下去，往下翻跟头也很合适。他也特别喜欢上坡，我真希望你能在场，瞧着他往上推他那辆小车的情景。他在一条小沟边，又尝到睡觉的美滋味；脚蹬在沟底，身子舒舒服服地躺在沟帮上。还有一天，他在一块大石头上玩起来没够，小手不住地抚摩；真的，他又在石头上找到新的乐趣。至于我，看着他发现这一切，我也找到自己的财富。"

一个出生才15个月的幼儿，就这样给成人上了认识事物课。

可惜的是，大部分教育体系，都用印刷品取代发现事物的意识。一整套传统习俗强加给青少年，不让他们发现和感受事物，只让他们简单地贴标签，单凭标签认出各种东西来。青少年的精神生活，逐渐压缩成排卡片的无聊营生，他们就是沿着这条路走向成年。

发现！必须发现才会富有！一天下来毫无发现，晚上就不该心安理得地睡觉。任何胜利都不能小看,任何发现都不应忽视。如果你日常外出归来,还记得由于你的手杖触碰,5月成熟的车前草花粉散成白色云雾,这固然事小,然而你这一天就没有白过。如果你在路上仅仅遇见如玉的小蒴壶在纤弱的茎上欢快地摇摆,这固然微不足道,但是要耐心!明天可能更有收获。如果你头一回看见寻找栖止的蜂群飞过,或者头一回听到染料木果荚晒得开裂的声响,那么你就不会再抱怨,必然觉得生活是美好的。如果在同一天,在你交往的圈子里又增添一副俊美或奇特的形象,那么毋庸讳言,你就要枕着一件真正的宝物睡觉了。

四

有些日子,你俨如清平世界的君主,坐在一棵树下,接受四方前来朝贺与进贡。那将是你冥思畅想的日子。

还有些日子,你不得不背上褡裢,拿根木棍,沿途去寻讨生活。然而不要担心,那些日子也是美好的,你尽可以观察和猎取,满足于你的收获。

接受,心情是欢悦的;获取,更是欢欣鼓舞。对于大千世界,既要诱引,又要强索。久久观赏褐色岩石之苔衣和绒藻之后,再兴趣盎然地把它抬起来,了解它的重量,看看橘黄色肚皮的蝾螈在石下荫凉处的小窝。

只要躺在毛茸茸的薄荷和木贼丛中，观赏要在溪流中下卵的蜻蜓虔诚的舞蹈，或者在六月初参加发情的雨蛙喧闹的盛宴，就会心满意足。同样，双手探进水中，移动水底的石子，观察在水中活跃的无数小生命，或者折一根长时间从深水长出来的睡莲的肥茎，也是非常快意的。

有的人从一株植物旁边经过千百次，却从未想到摘片叶子在手中抚玩。你不妨试一试，肯定能发现数百种新的芳香。每种芬芳代表的一物可能是微不足道的，然而一旦嗅到，就想再闻一闻，而且念念不忘，从而丰富了自身。

要拥有这个时而奉献、时而逃逸的世界，这是一场类似爱情的无休无止的游戏，这是一场严肃而神圣的游戏。

马尔库斯·安尼乌斯[1]的哲学不可等闲视之，他提出不少忠告，直言劝其友人观赏自然现象，认为自然现象蕴涵丰富，发人深省。他写道："大自然创造的一切，都有其雅和美。无花果熟透了要开裂，橄榄熟透了就要腐烂，然而，果实仍有一种特殊的美。垂向地面的麦穗、狮子浓重的眉毛、野猪的垂涎，许许多多事物孤立起来看还缺乏美感，然而它们是大自然作品的补充部分，能美化自然物，为之增添一些魅力。因此，一个心灵敏锐、善于深思的人，看世界万物无不悦目，无不与自然整体相关联。"

这位哲学家以诗人的方式，却言之有理。我们要按照自

[1]马尔库斯·安尼乌斯·维鲁斯(121—180)，罗马皇帝、哲学家。

己的时间观察欣赏，在自然万物的每一部分，都要看到幸福的一股清泉。犹如儿童拉成优美的舞圈，我们也不要放开那只拉着我们并指引我们的手。

五

五种感官都张开，宛如船的舷窗，难道你真的认为什么也感受不到，唯有空虚、黑夜和缄默的墙壁吗？

我不清楚，我不清楚……我并不认为……

声音飞升，飞升，好似云雀，耳朵也随行。

到了一定时候，声音仍然飞升，听觉却停止了，就像鸟雀绝不冲上云霄之外。

这些声音在你的心扉之外延展，而你的感官却无能为力，请你告诉我，难道这些声音真的消逝，永远消逝了吗？

等一等吧！盼望吧！也许有一天就会豁然贯通。

你将对我说：光太美啦，太美啦！它装饰了多少我珍视的事物！除此之外，我还需要梦想别种光线吗？我已经目不暇接，沉迷在光所赋予的畅意中。声响或寂静之美，时时令我的耳朵陶醉。

的确如此！你的心灵有不少勤奋的供应者。这些供应者绝不让你的心灵无所事事，总往你的脚下堆积财产，要引起你的热情和关注。

不过,你的心灵常常有一种绝非感官提供的情绪 ,即欣欣的喜悦或无名的忧伤。不要忘记你沐浴在各种不同的光中,虽说你仅仅能感受其中的几种,但也许其余的并不完全陌生。在你身心的边境偷运什么呢?感受吧,体验吧,要全神贯注,尊重一切事物。也许有一天,会了解更多我们现时难以猜测的东西。

李玉民 译

生之爱

〔法国〕加缪

帕尔玛的夜里，生活慢慢地朝着市场后面的咖啡馆蔓延：直到那个时候，街道还是漆黑寂静的，人们来到漏过光亮和音乐的百叶门前。一天夜里，我到了一家咖啡馆。这是一间很小的低矮厅堂，长方形，涂成绿色，装饰着玫瑰花环。木头天花板布满了红色的小灯泡。在这个小小的空间里，奇迹般地安排有一支乐队，一张摆着五颜六色的酒的吧台，挤得要死的顾客，肩碰着肩。只有男人。中间有两米见方的空地。杯子里的酒和瓶子里的酒由侍者分送到大厅的各个角落。没有一个人心情平静。所有的人都大声嚷嚷。一个海军军官模样的人对着我大谈喝酒的礼节。在我的桌子旁，一个看不出年龄的矮子向我讲述他的生活。但是我太紧张了，听不清他说什么。乐队不停地演奏一些人们只能听得出节奏的乐曲，因为所有的脚都在打拍子。有时候，门开了。在喊叫声中，一位新顾客摇摇晃晃地进来了❶。

突然一记锣响，一个女人忽地跳进咖啡馆中央的一个狭小的圈子里。“二十一岁。”军官对我说。我惊呆了。一个年轻姑娘的面庞，但是长在一堆庞大的肉上。这个女人有一米八十。她身材巨大，应该有一百五十公斤。她两手叉着腰，穿一件黄色的网状衣，其网格绷出了白色的肉格子，她在微笑；她的两个嘴角朝着耳朵送出了一连串肉的小小的起伏。在大厅里，冲动变得没有边际了。人们感觉到这个姑娘很有名气，人见人爱，大家都等着她。她一直微笑着。她环视着大家，总是沉默着，微笑着，波浪状地往前挺着肚子。大家叫着，要求唱一首好像都知道的歌曲。这是一首安达卢其亚歌曲，带鼻音，打击乐重重地伴奏，全部是三拍子。她唱着，每一动，都用全身模仿着爱情。在这种单调的、充满激情的动作中，真正的肉的波浪从屁股产生，消失于肩膀。大厅差不多挤爆了。但是，在唱副歌的时候，姑娘围着自己旋转，两手满满地抓住乳房，张开了红红的、潮湿的嘴，和着大家一起唱，直到所有的人都在喧闹中站了起来。

她稳稳地站在中央，浑身是汗，头发散乱，挺直了巨大的

---

❶在确定真正的文明的欢乐中，有某种悠然自如。在欧洲，西班牙人是文明化的民族之一。——原注

身躯,绷紧了黄色的网状衣。仿佛一个出水的淫亵的女神,额头愚蠢而低垂,两眼空空,只有膝盖微微颤动说明她还活着,仿佛马在奔跑之后一样。在包围着她的手舞足蹈的快乐之中,她仿佛生活得卑鄙无耻和激动人心的形象一样,带着空空的眼睛里的绝望和肚子上的淋漓大汗……

没有咖啡馆,没有报纸,很难旅行。一张用我们的语言印的纸,一个晚上我们试图接触男人的地方,使得我们可以用亲切的举动模仿家里的我们,模仿一离开家就变得如此陌生的我们。因为旅行的代价,乃是恐惧。它在我们心中粉碎了某种内在的布景。不再可能欺骗了——在办公室和工地的时间内戴上面具(我们如此强烈地反对这些时间,而这些时间如此可靠地使我们不再受离群索居之苦)。这就是为什么我总想写小说,其中主人公会说:“如果没有坐办公室的时间,我会变成什么样子?”或者:“我老婆死了,幸亏我明天有一个大包裹要寄出。”旅行剥夺了这个庇护所。远离我们的亲人,远离我们的语言,离开了我们的一切支撑,失去了我们的面具(人们不知道电车的价钱,所有的事情都是这样),我们完全浮上了我们的表面。而在我们感到病态的灵魂的同时,我们又给予每一个人、每一件事所具有的奇迹的价值。一个什么也不想的跳舞的女人,桌子上的一瓶酒,从窗帘后面就能看见:每一种形象都成了一种象征。仿佛生活全部地在其中反映出来,只要我们的生活这个时候被概括了。只要对一切才能都很敏感，如何描绘我们能够品味的矛盾的陶醉（直到清醒的陶醉）呢？也许除了地中海，没有任何一个地方使我既远离自我，又靠近自我。

毫无疑问，我对于帕尔玛的咖啡馆的激动来源于此。但是，相反，在中午，在大教堂的没有人的区里，在有着清凉的院子的古老宫殿里，在荡漾着阴凉的香水味的街道上，给我印象深刻的念头是某种“缓慢”。在屋顶的观景楼上，是一些纹丝不动的老妇人。沿着房子走，在满是绿树和圆而灰色的柱子的院子里驻足，我消失在这种寂静的气味中，我失去了界限，只剩下我的脚步的声音或者鸟的飞翔，我只在阳光照耀下的高墙上看见其阴影。我长时间地流连在圣弗朗西斯科的哥特式小修道院里。它的纤细的、矫揉造作的柱廊闪烁着西班牙古老建筑的美丽的金黄色。院子里，夹竹桃，淡紫花牡荆，一口井围着熟铁的栏杆，从那上面垂下一把长长的生了锈的金属勺子。过路的人用它喝水。有时候，我还想起那勺子落在井石上发出的清脆的声音。然而，并非这个修道院告诉我生之甜蜜。在鸽子翅膀的干燥的拍打中，寂静突然蜷缩在花园之中，在孤独的井链的摩擦声中，我重新找回了新的，然而亲切的滋味。在表象的这种奇特的游戏中，我是清醒的、微笑的。世界的面孔在其中微笑的水晶中，我觉得有一种动作会使它产生裂缝。某种东西要解体了，鸽子的飞翔消失了，每一只鸽子慢慢地垂下展开的翅膀。唯有我的沉默和静止使与一个幻觉相像的东西说得过去。我进入游戏中了。我并没有受骗，但是我准备接受表象。美好的金色阳光柔和适意，把修道院的黄色石头照得暖暖的。一个女人在井里打水。一个小时之后，一分钟之后，一秒钟之后，也许是现在，一切都可能崩溃。然而，奇迹在继续。世界生生不息、腼腆、反讽和谨慎（仿佛女人的友谊所具有的某些温柔、矜持的形式）。一种平衡还在继续，由于担心它自己的结局而变得五颜六色。

这就是我对生活的全部的爱：可能对我将要失去的东西的一种沉默的激情，一种火焰下的苦涩。每一天，我离开修道院，仿佛摆脱了自我，而修道院一刹那间处于世界之中。我知道为什么这时候我想到了多利安人的阿波罗雕像的没有瞳孔的眼睛或者乔托的炽热而不动的人物[1]。这个时候，我才真正懂得类似的家园能够给我带来什么。我钦佩人们可以在地中海沿岸找到生活的确实性和准则，人们由此满足了他的理性，证实了乐观主义和社会意义。因为最后使我产生强烈之印象的，不是按照人的尺寸造成的世界，而是世界在人的身上开了又合。不，如果这些地方的语言与我身上深深地回响的东西相和的话，不是因为它回答了我的问题，而是它使这些问题归于无用。不是感激的行动可以使我说话，而是纳达只能出生在阳光灿烂的景物之前。没有生之

---

❶希腊雕塑的堕落和意大利艺术的消失是从微笑和目光出现开始的。仿佛美中断的地方，精神就开始了。——原注

绝望就没有生之爱。

在伊比扎[1],我每天都坐在沿港口开设的咖啡馆里。五点钟的时候,当地的年轻人沿着防波堤呈两列散步。那里,结婚和全部的生活同时进行。人们不能不想到,这样在世界面前开始生活具有某种庄严。我坐下了,白天的阳光还摇摇晃晃的,照耀着白色的教堂和刷了白灰的墙,干燥的土地和乱蓬蓬的橄榄树。我喝着甜丝丝的巴旦杏糖水。我望着面前的山峦的曲线。山峦缓缓地朝着大海延伸。夜变成了绿色。在最高的一座山上,微风转动了一座磨房的翼。由于一种自然的奇迹,所有的人都放低了声音。只有天空和歌唱般的词语朝他涌来,但是人们感觉它们来自很远的地方。在这短短的晚霞时分,有某种转瞬即逝的、忧郁的东西,不但一个人感觉不到,就是全民族也感觉不到。对我来说,我希望爱,就像别人希望哭一样。我觉得我的睡眠的每一个小时都朝着生活飞逝……就是说朝着没有目标的欲望时光飞逝。在帕尔玛的酒馆和圣弗朗西斯科的修道院的激动的时间里,我不动,紧张,没有力气面对那种想要把世界放进我的手中的巨大的冲动。

我知道我错了,知道享受是有限度的,于是人们创造了。但是,爱没有限度,如果我能拥抱一切,拥抱得不对对我才是重要的。在热那亚,早晨,有一些女人的微笑我是喜欢的。我再也看不到了,当然,再简单不过了。但是,语言掩盖不住我

[1]西班牙西部岛屿名。

的遗憾的火焰。圣弗朗西斯科的修道院的小小的井，我在里面看见鸽子飞过，我因此忘记了口渴。但是，那个时候总会到来，我又渴了。

郭宏安　译

雨下

〔法国〕阿兰

实实在在的痛苦已经够多了，但是还有人由于想象力的驱使而使之增加。您每天至少能碰见一个人，他在抱怨自己从事的职业，而您总是觉得他的话相当有力，因为任何事情都有可议之处，什么都不是十全十美的。

您，一位老师，您说，您要教育那些粗鲁的年轻人，他们一无所知，对什么都不感兴趣；您，一位工程师，您沉浸在一片无用的文件之海中；您，一位律师，您在法官面前辩护，可他们不听，而是打着盹儿消化食儿。您说的大概是真的，我也作如是观；这些事情总是真的，不然人们不会去说。如果因此您的胃不好，或者您的鞋里进了水，我很理解您；您这就有理由诅咒生活、人和上帝了，假如您认为他是存在的。

但是，请注意一件事，那就是这种事情无穷无尽，忧愁产生忧愁。因为，您这样抱怨命运，您就增加了您的痛苦，您就事先放弃了笑的希望，您的胃也就越发不好了。如果您有一位朋友，如果他悲伤地抱怨一切，您大概会试图安慰他，让他从另一面看待世界。为什么您不做自己的珍贵的朋友呢？是的，我认真地说，应该爱自己一些，应该很好地对待自己。因为一切都常常取决于人们采取的最初的态度。一位古代作家说过，任何事件都有两个柄，为了拿起它，选择伤手的那一柄是不明智的。常言总是把在任何情况下都选择最恰当的措辞和最有力的因素的那些人称作哲学家，这真是一语中的。因此，应该为自己辩护，而不是反驳自己。我们都足够雄辩，足够动人，能够找到理由使自己满意，如果我们走这条路的话。我时常注意到，人是出于疏忽，有些也是出于礼貌，才抱怨他们的职业。如果引导他们谈谈自己所做的事情，谈谈他们的发明，他们就变成了诗人，而且是快乐的诗人。

下起了小雨，您正在街上，您撑开了伞，这就足够了。“又下起了讨厌的雨！”何必这样说呢？这对于水滴、云彩、风不起一点儿作用。为什么您不这样说呢：“啊！多好的小雨呀！”我听见了，这对于水滴不起一点儿作用，的确是这样。但这对您很好，您整个身体都动起来了，真正地发热了，因为这正是最小的快乐动作所起的作用。于是，您可以接受雨而不至于感冒。

您就把人当作雨吧。您说，这不容易。不，这比把雨当作人容易得多。因为您的微笑不关雨的痛痒，而对人就不同了，只是由于模仿，它就已经使人不那么悲伤、不那么烦闷了，还不算您会轻易地找到借口，如果您看看您自己的话。马克·奥勒留[1]每天早晨都说："我今天会碰到一个虚荣的人、一个撒谎的人、一个不公正的人和一个讨厌的夸夸其谈的人；他们之所以如此，是因为他们无知。"

郭宏安　译

[1]马克·奥勒留（121—180），罗马皇帝和哲学家。

论未来

〔英国〕约翰逊

无法确定的死期迟早要来，

人的生命只能是渐渐衰败。

——韦尔斯提德

在未来的时间长河中寻求安慰似乎就是人的命运。很难用及时享乐来充实愿望和想象，因此，我们只好用回忆和希望去补充其不足。

每一个人都经常会觉察到：希望常令人失望，防患于未然又是何等困难。当年轻人占据了这个世界，减弱了我们对这个时代的信任，我们正努力或希冀在回顾人生时找到快乐，去信赖真正的事实和经验。这也许就是老年人为什么会絮絮叨叨的原因之一。

然而,这个灾难充斥的世界,每一快乐的源泉都被灾难污染,每一个人的宁静生活都受到干扰。光供给我们以足够的事实让我们能够去集中我们的思想时,却又混杂着如此纷纭的不幸,使我们不敢回忆,生怕不幸会闯入我们的心扉,我们躲避它们,宛如躲避穷追我们的敌人一样。

人过中年,谁能不喝一杯忧伤的苦酒就能坐下来找到青年时期的欢乐呢!他也许能让一些幸运的事件,欢乐的豪情,充满赏心的乐事的岁月,热情欢宴的夜晚重新浮现;或者,如果他曾经在某种场合有过一些活动,熟悉一些艰难世事与命运的兴衰变易,那么当他回首在困难中得到过的坚定支撑,回首遭遇过带有决定性的危险,回首巧妙地击败了对手时,他就能够享受到这些较为高尚的乐趣。当伊里亚斯[1]和他的伙伴们登上一个不知名的荒凉国土时,伊里亚斯怀着希望安慰伙伴们说,他们共同的灾难等到遥远的未来将会被从容地重新加以描述。当回忆这些不幸事件时,因为它们既不会再度发生,也不会因我们的错误而扩散,更不会谴责我们是懦夫或罪犯,那么,我们就没有什么比这种回忆更令人满足的了。

---

[1]伊里亚斯(Aeneas):是特洛亚一个国王卜里阿姆(Priam)的女婿,特洛亚战争中,城被毁时,他背着他的父亲和神像逃走,据说他带着23只船,其中沉没了13只,他幸而得救。后又经过七年艰苦,到达提伯(Tibes),与该地王子的女儿结婚,后来成为拉丁民族的国王。因他忠于使命,被称为“忠诚的伊里亚斯”。

但是，这种欢快几乎常因我们最喜欢回忆那些曾与我们共享快乐而已入土的人们的往事而减少。在人类历史的进程中，几年的时间就可以形成一种巨大的破坏——就会看见它攫走了同我们一起走进世界的那些人，我们和他们之间的一切快乐或厌倦的期望，都曾经引起过我们亲切的回忆。从事企业的人，能够列举他的冒险和出门远游，但也不得不在某些联系结束之后，对曾经为他的成功作出贡献的那些人的名字叹息；在人类最愉快的时代度过了一生的人，曾经在他的记忆中储存了各种妙语警句，而现在，他的活泼与愉快已经溘然飞逝，了无声息；用辛勤来补充他享受缺乏的商贾也嗟叹他的形单影孤，失去了他的老伙伴，因为他们曾经共同安排过如何消遣晚景；在默默无闻中经过深邃的钻研而提高了声誉的学者，也找不到因他的故友或宿敌而感到的得意，因为他们的任何赞扬或羞辱，都常会增加他的骄矜。

马休尔[1]到达幸福境地的必需品中，有一份并非是勤劳所得的，而只是继承来的财产。每种幸福，如果适时找到，就有必要使之完善；因为无论什么幸福，在行将就木时得到，为时已晚，很难得到更多的欢乐。人类的幸福是常有其缺陷的。在不应该为我们自己所获得的幸福中，一旦意外地获得，我们也只能得到一点儿裨益不大的身外之物，因为这种幸福，占有它或缺乏它，都无法比较出一个明显的差异，因而我们不能从而得

[1]马休尔(Mortial)：罗马讽刺诗人。

到对自己才能的信心，更不能使自尊心有所增强；当我们不能接受圣餐，因而也就不能享受幸福时，只凭勇气或科学、凭智慧或勤劳所能获得的东西，最后也会必然到来[1]。

因此，在生命的每一时期，我们都不得不向未来借幸福。在青年时期，我们没有什么经历的事物会使我们快活，未来同样有其局限性。在有限的范围内，幻想不会翩然而至，我们的视线也难以向远处扩展。我们的朋友与同伴的死亡，时时都叫我们想到我们即将离开这个世界；我们知道，生命快到尽头，我们必须同以前被忘却了的许多人一样安睡墓中，而把我们的地位让给别人；我们像从前那些人一样，被大地表面的希望或恐惧鞭策了过后，消失在死神的阴影里。

我们在物质生活之外，又延伸出希望，每一个人几乎都对某些事物驰骋幻想，这些事物直到他改变了生活方式才会碰到。有些人把财产多和住宅大引为快事，为他们的家庭和荣誉预先准备好永存不朽的东西，或者竭力不使财富分散，因为积累财富已成为他们的唯一的职守；另外那些十分文雅、高尚的人，则把精力专注在未来的名望上面，专注在那些不抱成见的后代子孙的感激上面。

灵魂完全系在财富与住宅上的那类人，无法明白他们本

---

[1]作者写本文时，他的妻子濒临死亡，她逝世那天，恰是《漫谈者》的最后一篇散文出版时间，这里所指“……凭智慧或勤劳所得的东西……”即指他的文章。

应对财富漠然置之，因而也就无法适宜地或认真地谈论这些问题；可是，追逐声名的人就可能对此作出反应，所以就有可能去考虑他们所期待的事物。

在遥远的未来，能否被人记住也许是值得每一个明智之士考虑的问题，但这是得不到满意的答案的。诚然，能名垂青史的，只是少数人，大多数人对此其实也兴趣索然。世界上从来没有什么余地来堆放那么多的名望。生命的职责是，在每种环境中，无论是短暂的快乐或痛苦，都不会超过一定的比例；而留给我们余暇去作那种不会十分影响我们眼前幸福的期待。一个人有了虚名，而不准他人侵入他的地盘，他就只能是那种一定要被抛入遗忘之塔里的人。心灵的眼睛恰似肉体眼睛那样，能看到新的目标，对那些眼皮底下的东西反而视而不见。

因此，声名像一颗陨星，除了几个卓越的和不可战胜的名字之外，闪耀一下，就永远消逝了。如果思想或时间没有什么改变，那我们的声名也可能是隐匿无闻；一切具有我们这种思想或使我们的行为有所改变的人们，无时不匆匆走入湮没无闻的境地，正像一种最被人喜爱的新事物常为时尚所采纳一样。

所以，照亮晚年的任何舒适的光线并非来自尘世。只有未来才是它的远景；在疾病的痛苦中，在老耄的衰弱里，只有储以待用的这种幸福（如果注意到这种幸福）才会支持我们。

这些幸福,我们有信心去期待它,因为它来自一种偶然的力量,而且,只有热烈希望和真诚追求它的那些人才能得到这种力量。由此看来每个心灵最终都应该栖息下来。希望是人类的主要福赐,并且,只有希望才是合理的。可以肯定,希望绝不会欺骗我们。

黄绍鑫　译

谈寻求快乐

〔英国〕切斯特顿

对寻求快乐进行谴责，这是理应受到怀疑的，因为谴责的本身就是为了寻求快乐中最卑劣的一种快乐。当然，我指的有受苦的快乐；我指的还有受惊吓的快乐，吹毛求疵的快乐——一句话，丑事的快乐。可是对现代的寻求快乐却有着不少的批评，那不仅仅是老太婆所乐于传播的丑闻丑事——这对于上了年纪的男人们可说是一种永久性的诱惑。还有一些批评，那是以合理的、永恒的原则为依据的。批评之一，我想是这样的——如此众多的现代快乐都追求一种不加选择和毫不协调的结合方式。它们是各种颜色在相互抵消；它们正像音乐家的这种行为，他居然试图同时聆听5首曲调，以表现自己的普遍性。

举例说吧，享受一顿美好的晚宴并非贪婪，正如享受一场美好的音乐会并非贪婪一样。可是期望在同一时间又享受晚宴，又享受音乐，我的确认为这倒有点贪婪。我说试图享受这些，因为这标志着这种复合享受是无法享受的。在餐厅和饭店用餐需要响亮的音乐这种时尚，依我看，就是这种乱七八糟地试图同时拥有一些事和同时又做一些事的一个完美的例子。吃饭、饮酒、谈话向来是并行不悖的，这是一个有如世界一样古老的传统；可是这第四个因素的参加只能是对其他三个的破坏。把无人愿听的音乐跟无人能听的谈话结合起来，这真是别出心裁的设想，请回想一下历史和文学上的某些伟大的谈话吧；想象一下过去智者的某些伟大而优雅的即席发言，某些自然吐露的警句吧；然后再想象一下他们每个人在乐队的震耳欲聋的咆哮声中大声讲话的情景吧。我觉得人们竟然把音乐艺术家的艺术当作美味佳肴的附属品来对待，这是对音乐艺术家的不可容忍的侮辱。我还觉得人们竟会要求不时地用食物和饮料来增强体力，以便增进他们忍受音乐的能力，这是对音乐家的更加微妙的侮辱。我且不说对另一位艺术家——厨师的更深刻、更黑暗的侮辱，因为我联想到人们需要用鼓角声来提起精神，恢复元气，以便向那顿晚餐里的种种危险发动进攻，仿佛那是一座布满死亡机关的堡垒似的。可是无论如何，两种快乐的结合是很不愉快的事。人们在聆听好音乐的时候，并不要摆阔地端出大的猪排和许多瓶啤酒来,以便能够设法把音乐听完。假如他们并不要把用餐带到音乐上去，那么他们为什么要把音乐带到用餐上来呢?

我还注意到这种奢侈被放错位置的很多其他例子。我指的是,把享受的事如此精心安排,以致无法令人享受。刚刚不久,我碰巧在火车上吃晚餐,我是非常喜欢在火车上吃晚餐的——或者,的确在任何其他地方。我知道人们有时投书报纸,或者甚至在车厢里大吵大闹,对火车上的膳食供应大加抱怨;可是我的抱怨完全不一样——而且,的确完全相反。我发出抱怨并不是因为晚餐太坏,而是因为晚餐太好。在火车上吃饭的快乐类似野餐的快乐，应当有一种适合那种反常的、几乎冒险的环境的风格。当时那顿晚餐是平日的所谓丰盛的晚餐——就是说,时间比任何一个正常人在自己家里所需要的时间长一倍,而且比他甚至在普通餐厅里所需要的时间还要长得多。这次火车也是所谓的好火车——就是说,一列发疯似的东摇西摆、像雷电一般奔驰在英格兰的火车。真心要享受一顿漫长而奢侈的晚餐的任何人也不会梦想到在这种环境坐下来用餐。任何人也不想要餐桌被射出沿着餐厅转来转去,就像旋转木马一样。人人从理论上都会明白,试图同时又有奢侈和悠闲的好处,同时又还有速度的好处,那是很愚蠢的。那只是为了奢侈而花钱,买来的却是极不方便。除此以外,还有一个实际情况,就是晚餐的时间虽然很长,但用于吃的时间却很短。因为还有其他热心的老饕正等着给抛到窗子旁边，手里一面把芦笋保持平衡或把沙丁鱼进行解剖。其他高兴的美食家也定有机会在风驰电掣般的列车里泼洒他们的汤或打翻他们的咖啡。这一车赴宴宾客中每位人士都是如此匆匆忙忙，正像这趟火车一样。

事实上，这些结合方式只是一种习俗。这不是因为任何人，若让他理智地选择，更喜欢在餐厅里欣赏音乐或在火车上享用晚餐。这是因为有些颇为庸俗的人士认为，餐厅如果没有音乐节目或晚餐没有菜单目录，在习俗上就是不完备的。这些习惯做法，结果显得非常冷酷，而且不舒服。它们完全忽视了寻求快乐的艺术——仅以明智的态度去寻求那种必定能找到的快乐。这种快乐一般说来定能在孤独中，在区别中，甚至在对比中更多地找到。有一位东方的圣人或其他人说过："假如你有两便士，那么用一便士买一块面包，用一便士买一朵花。"我本人要大胆地用一支雪茄烟或一杯酒来取代花，这仅仅是因为消费这种价钱的这些东西未免有些清苦。可是我深信，一种奢侈伴随着多种普通的事物，仿佛一粒宝石有着朴素的镶嵌，这是一个正确的原则。这样做跟通常所谓的"简朴生活"并非一回事——的确，很不一致，因为"简朴生活"一般意味着单调的、平凡的经历，既没有奢侈，又没有苦行。真正的寻求快乐乃是奢侈和苦行的这样一种结合，能让奢侈真正为人所感受。若不尊重这个原则，任何一种把或多或少相互矛盾的快乐挤满一块的做法，与其说是寻求快乐，不如说是破坏快乐。那些容许快乐的多种颜色如此相互破坏的人，按严格的礼节讲，可以称为破坏快乐的人。

此外还有一个道德教训，我曾不止一次地指出过，但一般不为人所理解。有一种仪式，世人抱怨它太古老，不自然，其实它比世上的许多仪式新颖得多，简单得多。古代传令官或祭司的盛大场面真的要比现代世界的豪华虚荣的场面更初级，也差不多可说是更基本；它所以更基本(elemen-tal)是因为它跟自然力(elements)直接打交道。那样的仪式主义几乎可以称为保持仪式简单化的一个规则。听任它在我们的世俗生活和社会生活中发展，它就会变得又奢侈又复杂。古老制度对一个时间做一件事的必要性有着更多的领会。它们对它们在做什么有着更多的理性认识。

因此，古代议会或教会会议中的某一次可能有很多的礼仪；可是绝没有相当于拥挤在餐厅里的那种嘈杂的乐队的东西。他们在同敌人辩论时并不像其他人在同朋友交谈时那样需要敲大鼓和吹大管。某一种教会仪式，跟主教头戴主教冠，手持牧杖一样，似乎有些复杂或奢侈；可是其中丝毫也没有可以跟快车上举办的复杂而奢侈的全市宴会相比拟的东西。主教很少戴着他的主教冠神气活现地坐在汽车上旅行，每小时可以任意跑若干英里。现代仪式所出现的问题在于，那些仪式不仅变得复杂，而且还变得牵连甚广。我们有着把两个复杂的东西相互抓住和勾连一起的复杂情况，好像两台巨大的钟在摔跤一样。此外，还有一种复杂的情况，那是由迅速的变化和严格的纪律相结合而产生的。古老的习俗至少是古老得变成了第二天性。可是当今的时尚却总是崭新得很不自然。我们可以认为法官戴黑帽而红衣主教被赠与红帽，这是毫无意义的浮华风气，可是法官没有必要每一季度换一顶帽子，而且红帽也没有必要成为式样新颖的帽子。把严格的纪律和时尚的变化结合起来，就会导致一种几乎军事性质的动员令；相比之下，那些老式的东西倒显得更加自由。

倪庆饩　译

工作的乐趣

〔英国〕阿瑟·本森

今天我打算做一件很庄重的事：阐述两句老生常谈并证明其言之有理。一个人能够真心诚意地接受一句老生常谈的时刻，常常是他一生中极为严肃的瞬间。老生常谈本是平凡的人们在攀登人生的阶梯时，从梯上发出的肺腑之言；通过切身经验领会到一句老生常谈所包含的真理，这便表明你又爬上了更高的一步。

首先要阐述的是，在这个世界上，我们大多数人都从其所好，做自己喜欢做的事，这样的结果是，我们大多数人都喜欢自己所做的事。

不用说，首先得假定，我们大多数人都非做点什么不可。即使如此，我发现，对于自己的工作不感到某种乐趣的人是非常罕见的，他们甚至暗自庆幸，认为自己干得很不错，颇见效益。要发现一个不沾沾自喜的人真不容易。别人对于我们的工作的看法也许会与我们的意见相左，但即使在自己的工作该受到批评的情形下，人们也总是怨恨批评，巴不得听到人家的赞许。就在前两天，我便遇到这类情形的一个绝妙例子。我常去的那个教区，有位演奏教堂风琴的人，我没听说过有谁比他更不受欢迎。他上了些年纪，很少能把一个简单的音符弹正确；他踩踏板时，老是犹犹豫豫，像在试做某种不成功的实验。近来，他的演奏在那教区里激起了很大的愤慨，因为教堂新买了一架风琴，比旧的声音洪亮得多，而我那位弹风琴的朋友却令人大失所望；面对新琴，他更茫然。教区里的会众差不多下了决心，要呈上一份圆周式署名请愿书给牧师，要求撤换这个在旧教法典上称作风琴敲打者的人。上次我去参加弥撒，在朗诵《圣经》诗篇的时候，忽然读到一首很贴切的诗，它使烦恼的心灵感到，诗篇确实向虔诚的良知发出了一种神圣的启示。诗句说："我曾希望他们，甚至是我的仇敌，不要胜过我，因为当我失足滑倒，他们幸灾乐祸。"朗诵这首诗时，那个倒霉的弹琴者竟奏出了一支美妙的西班牙舞曲。我惴惴不安地望着那位德高望重的教区委员，见他气得嘴唇直哆嗦。

当天下午，我散步时恰好与风琴师相遇，便好言慰藉地同他谈起初用新乐器的困难。他大惑不解地望着我，说他猜想有些人也许会由于换了一件新乐器而感到不知所措，可是对于他，换上任何乐器他都同样在行。他接着一连串地引述了许多著名的乐师恭维他的话。我想这些话要不是他自己记得不准确，一定是别人安慰他或者讽刺他的反话。不出五分钟，我便发现这位朋友完全是浓厚虚荣心的奴隶，甚至相信自己毕生的职业就是弹风琴。

我还记得一个例子，还是我当教师的时候，有个同事成了众所周知的笑柄，因为他教的班次上课时喧闹，毫无秩序。一次偶然的机会，我和他谈起培植纪律性的种种困难，满以为他会把自己的苦恼向一位同情的朋友倾诉以便得到一点儿安慰。我不胜惊讶地发现，他对那种状况的看法是，每个人都和他一样，遇到了同样的困难；而且他显得很自信，在处理这些问题时他既讲策略而又严厉，比我们大多数人做得还要成功些。

我相信自己的信条差不多是放之四海而皆准的。倘若能够窥视那些可以显然断定为失败者的心思，我们会发现他们对于自己的素质和效率，并不是没抱有某种得意的虚荣心情。我遇到的极少数会对自己的工作表示不满的人，往往倒是工作得挺出色的，他们奉行的工作效率标准很高，只要稍微偏离一点儿，便严厉地自责。但是如果你要去苛求——譬如说，你真心地去附和他们对自己工作的批评——这却又会常遭忌恨。

我想更进一步说，生平之中我只发现了一个人，他的工作确实很出色，但又毫无自傲得意的表示。要达到那一步，必须具有非凡的意志力和自制力。

我并不是说，靠职业为生的人，一旦发现自己有了一份独立的比平日工作所获更为丰厚的收入，他对工作的乐趣便足以使他继续工作下去。我们大多数人都抱着一种不适当的信仰，自以为该过一种愉快而正派的闲适生活。这种欲望在我们多数人心里都很强烈，殊不知那种绅士生活，其所谓绅士者，近来恰好被视为一个没有职业的人。

尽管如此，我们大多数人还是喜欢自己的工作，我们日臻熟练和不断进步的这一事实，就是我们真正感到愉快的源泉，哪怕远不是如愿以偿。一般说来，我们选择职业主要取决于个人对所欲从事的工作的意向和兴趣。

于是，在一种愉快而自以为是的错觉的支配下，我们会逐渐爱好我们的工作，而且会对自己的工作方式深信不疑。曾有一位伟大的说教家说过：并不是我们大家都能欺骗自己，相信自己比别人更富有，更豪爽，更勇敢，更出类拔萃。我们当中很少有人不暗暗怀着信念——我们能证明自己比别人更有意思，如果确有显露真相的一天。

暂且不谈工作，说说日常的社交生活吧。我深信，世界上之所以有为数众多的讨厌的饶舌者，其原因就在于他们都相信自己能言善辩，可以令周围的人感到有趣和愉快。大家都应当把这点铭记在心，当饶舌者口若悬河，滔滔不绝地说个没完没了，你应当耐着性子听下去。有一次我犯了一个可怕的错误。一天晚上我已经听人饶舌而十分焦躁不安了，这时仅仅为了说几句得体的话，想赞扬又找不到言辞，我便恭维了那位多话的长者几句，说他的态度和蔼可亲。那以后我深深懊悔自己言不由衷。因为受我恭维的那人，美国人称作好听甜言者，不仅无数次地向我发出请柬，而且我们每次遇到一块儿，他就要显露口才，千方百计地唠叨个不停。从此以后，我总与圣詹姆斯怀着同感，钦佩他对舌头的恶毒威力所作的令人信服的描写[1]。我们常常认为一个讨厌的人只是自私自利、呆板无趣而已。其实他还常常顽固地致力于某个目标，而且这样做使他感到愉快。因此，一个讨厌的人是最难扭转改变的，因为通常他明白别人是很宽和厚道的。

总起来说，我们最好不要去妨碍别人抱定的怡然自得的错觉，除非我们确有把握能改变他们。破坏一个善良的讨厌者所享有的幸福源泉，那责任可谓重大。无论在工作上或是在社交上，也许以鼓励我们的朋友各行其是为好。当然我们不可鼓励他们沉溺于邪恶有害的享受。不用说，有那么一些讨厌的人，他们令人腻烦，这不是没有害处，肯定带有某种伤害性质。有些讨厌的人，只要一接触人们共同或特别感兴趣的题目，就会叫人受不了，无论如何别人都不愿再去思考那

[1]见《圣经·新约》的《使徒书》的第三章。

个题目了。这样的人，应该远避三舍，不与交往，像对一个传染病患者那样。然而这种极为有害的人，毕竟很少。所以不妨这样说，适当的自我赏识和赞扬别人，的确可以使人更多地感到愉快，即使他自己所赏识的只是一种精神，并非实际的行动；这样做还有一个额外的好处，可以使他成为任何社会所欢迎和追求的人。

蓝仁哲　译

论无所事事

〔英国〕普里斯特利

我有一个朋友,他是位艺术家,也是一个懒得可爱的家伙,前一阵我跟他一直呆在他在约克郡荒原的农舍里,这栋小屋离火车站约十英里;由于我们幸运地遇到持续一段时间的突然而来的暖和天气,我们就一天接一天在早晨出发,抄荒地上最近的小路,悠闲自在地攀登到一个海拔两千英尺的高地,然后仰天而卧,这么着消磨那长长的金色的下午——什么也不做。没有比荒原更好的任人徜徉的地方了。那像是一个进入苍穹的完全没有陈设的前室。它的表面是单调的,不为你提供直接的刺激性,也没有引人入胜的有声有色的戏剧,但它的慢慢变幻的云彩,阴影和斑斓的天边所形成的种种图案,足以使你在精神上整天保持一种不会完全转移的兴趣。一块块草地跟客厅的地毯的大小不相上下，像精致的天鹅绒那样柔软，吸引你去躺卧。荒原的偏僻遥远，它的永恒不变，它对人的利害关系从古以来一贯的淡漠，使你的精神得到净化和休息。人世的一切声音都湮没在鹬鸟一声单调的啼鸣里。

一天又一天我们伸展四肢躺卧在荒原上，抬眼看天或做梦似的凝视远处的天边。说我们什么也不做那自然不完全真实，因为我们大量地抽烟，吃三明治和小支小支的巧克力，喝不知从何处卟卟冒出来的凛冽的溪水，它汩汩地流了几十码又消失不见。偶尔我们交换一两回意见，但是大概跟两个我们的同类尽可能什么也不做差不多。我们没有计划，即便打算也没有；脑子里没有起过一个念头；我们甚至也没有像通常两个友好的男人在一起消磨时光时尽情表现的自吹自擂那一套。在远远的某个地方我们的亲戚朋友却正在喋喋不休和忙忙碌碌地挖空心思筹划算计，争论叫嚷，既捞又花；然而我们像神仙一样，实实在在地无所事事，我们的心灵是毫无斑点地一片空白。当我们短暂的悠闲的假期过完了，我们最后从荒原上走下来，像夕照一样得意，回到红尘时，而报纸的读者却发现我们刚刚挨了戈登·塞尔弗里奇先生❶的一顿好骂。

他在何时何地痛斥我们，我不知道。我也不知什么样的兴高采烈的人群要求他吐露这些私房话，并且接受他的狂妄意见。当我们在荒原的太阳下让我们的怪癖得到充分发展时，离

❶哈里·戈登·塞尔弗里奇(1846—1947)美国出生的英国百货商。

奇的事情也恰好发生在这个时节。就在去年或前年某个好事者组织了一次有计划的大陆旅行，作为对有较高知识的度假者的诱饵，安排了在沿途对这个旅行团由优秀的作者进行一系列讲座。快乐的游客出发了,他们说话算话,在第一站英格教长[1]就现代的娱乐爱好对他们作了一次讲演。至于塞尔弗里奇先生的演说是对一群度假者发表的，或是在一群大商场老板的庄严的会议上发表的,我却不知道了,但我确实知道他说他嫌恶懒惰甚于任何别的事情,并认为它是莫大的罪孽。我也认为他对那些浪费时间的人做了某种非难，可是我把理由和例证忘了，去重新翻找那些理由和例证我也会认为是可耻地浪费时间。塞尔弗里奇没有指名道姓地提出我们来,不过在他的心目中他从头到尾攻击的就是我们,那也是不用怀疑的。大概在他狂热的想象里我们正仰卧在荒原上,极大地浪费时间,同时数不清的工作等着我们去做,顺便说说,也为了以后好在塞尔弗里奇先生的商店里把这些成品买进卖出。我希望他想象如是,因为实际上这个景象应该给他带来好处;只要我们无所事事,那在任何时候都是个好看的场景,让人看看我们,会对任何人的心理都有好处，即使是一个极为零碎的莫明其妙的幻景。不幸,塞尔弗里奇先生多半早就对这种如他所称的懒散的罪孽下了结论,这样就不能以理服人,也不能欣然被人接

[1]威廉·拉尔夫·英格(1860—1954):英国圣保罗大教堂的教长,神学家和散文作家。

受。这固然令人惋惜,因为他的观点照我看来是错误的,而且完全肯定是有害的,那就更加令人惋惜。

世界上所有的罪过都是由那些孜孜干个不停而又不知何时应该干或应该干些什么的人造成的。我认为魔鬼撒旦仍然是天上地下最忙的人。我可以完全想象得出他斥责懒惰和对浪费一点点光阴发火的那副神气。在他的王国里我愿意打赌,他不许任何人无所事事,哪怕仅仅一个下午。这个世界,我们全都不用忌讳地承认是一团乱麻,但拿我来说,我就不认为是懒惰把它推到这样一个地步,并不是因为它缺乏积极的美德,相反倒是因为它缺乏消极的美德;它什么都能做到就是对待懒惰缺乏善意和一点点沉着的思考。世界上依然有大批能量(再没有比瞎忙的人更多了),举例来说,在1914年6月[1],要是有某种顶顶懒散的气氛,所有的人,皇帝们,亲王们,大公们,政治家们,将军们,新闻记者们,忽然间产生一阵强烈的什么也不干的愿望,光是在大白天四处溜溜达达,抽抽烟丝,那么我们的日子本来比现在要好过得多,可是不,紧张生活的教条依然到处通行无阻;一定不要浪费时间;一定要干点什么;好,如我们大家都知道的,结果出了问题。再说,假如我们的政治家不是带着一大把不成熟的想法和一大堆有待散发的能量匆匆赶往凡尔赛[2],而是花上两个星期,把什

[1]这里是指第一次世界大战。
[2]指巴黎和会,因在凡尔赛宫召开,故这么说。

么信件来往,会晤接见等等通通抛在脑后,干脆在山边水涯优游徜徉，头一回在他们劳心又劳力的生活中什么也不干，然后再去参加他们所谓的巴黎和会，离开时声誉不遭到败坏,国际事务处理得干净利索,那岂不好。即使在目前,假如欧洲半数政治家放弃懒惰是一种犯罪的想法而脱身走掉,在一小段时间内什么也不干,我们一定会因此而受益。还有其他的例子涌现在我的脑海里,比方说宗教教派不时地开会就是;虽然外面的罪恶堆积如山,虽然文明的前途依旧可疑,参加这类会议的代表却花时间去谴责女士们的裙子太短,跳舞伴奏的乐队噪音太高。他们不如到什么地方去把身体放平仰卧,注目蓝天以恢复他们的精神健康。

认为懒散是第一等的罪恶和与此相应生活应该紧张的教条在美国非常盛行，我们不能回避这一事实即美国是一个十分富裕的国家;但我们也不能回避另一事实美国有这种情况,即她的最优秀的当代文人都是讽刺作家。奇怪的是大多数美国大作家都是从来毫不犹豫地赞扬懒惰，对什么也不干并对自己实行此道加以歌颂常常是他们的特长，懒散一直是他们的救星。因此梭罗[1]要是没有他的闲散的能力,除开欣赏银河之外什么也不干,那他就会是一个冷冰冰的迂夫子;惠特曼[2],要是剥夺掉他到处游手好闲的习惯和他对这种消遣的天真的

[1]亨利·戴维·梭罗(1817—1862),美国散文作家,代表作为《瓦尔登湖》。
[2]华尔脱·惠特曼(1819—1892),美国诗人,代表作为《草叶集》。

乐趣，他将只不过是一个大个子笨蛋。任何傻瓜都可以瞎忙而到处散发他的能量，可是一个人在让他自己安心于无所事事之前必须有所准备。他一定得有存款可以提取，一定要有能力投入源源不竭的遐想幻梦，一定得在内心深处是个诗人。在别的诗人不能打动我们时，我们去读华兹华斯。华兹华斯就知道无所事事的价值；你可以说没有人比他更清楚此中的妙处；你可以发现在他的作品中有对此事的最精彩的记载。他的高寿使他有时间收回他年轻时发表的大部分意见，但这句话我不认为他曾经否认，他在青年时代说过一个人不可能有比闲逛和定睛观察大自然更为健康有益和超凡脱俗的活动了。(在他的一首诗中他曾对某些吉卜赛人非常生气，这不假，因为有一次他们明显地在他开始散步经过时无所事事，十二小时之后他回头经过，他们还是无所事事。不过这是带有嫉妒色彩的种族偏见，我怀疑，因为他固然没做什么事情，他们比他做得更少。)如果华兹华斯还活着，我断定他会比从前更起劲更经常地宣扬他的学说，在一系列重要的十四行诗中他多半会攻击塞尔弗里奇先生而捍卫我们(以“上星期他们在寂寞辽凉的荒原上闲逛”一句开头)，这些作品不会不引起注意。他将告诉我们如果全世界的人在以后十年内尽可能把时间花在仰天躺卧于荒原上什么也不干，情况就会好转。他的话会兑现的。

林荇　译

论舒适

〔英国〕奥·赫胥黎

一桩新鲜事物

法国的旅店老板们把它叫做“现代化的享受”，他们说得很好。讲舒服这件事确是近代才有的，比发现蒸汽要晚，发明电报时它刚刚开始，而比发明无线电也不过早个一二十年。使自己舒服，把追求舒适作为目的这一人类能给自己提出的最有吸引力的事是现代的新鲜事物，在历史上自罗马帝国以来还从未有过。我们对于非常熟悉的事情总是认为当然，不假思索的，好像鱼儿对待生活在里面的水一样，既不觉奇特也不觉新鲜，更不会去想一想有什么重大意义。软椅子，弹簧床，沙发，暖气；经常能洗热水澡，这些和其他使人舒服的东西已经深入到不算太富裕的英国资产阶级家庭日常生活里，而在三百年前就连最伟大的帝王可是做梦也想不到的。这件事很有趣，值得考查一下，分析一下。

首先使我们注意到的是我们的祖先生活得不舒服基本上是出于自愿。有些使人们生活舒服的东西纯粹是现代才发明出来的；在发现南美洲和橡皮树之前，就无法给车装上橡皮轮子。但就大多数来说，使我们能过得舒服的物质基础里却并没有什么新鲜东西。在过去的三四千年里，任何时候人类都可以造出沙发，吸烟室里的软椅，也可以安装上浴室、暖气和卫生管道。实际上，在某些时代人们也确实有过这些享受。约在公元前两千年诺色斯[1]地方的居民就知道用卫生管道。罗马人曾发明一种复杂的用热空气取暖的系统，而一座漂亮的罗马别墅里洗澡设备的奢华和完备更是现代人做梦也想不到的。那里有蒸汽浴室，按摩室，冷水池，和墙上画有不甚正经的壁画（如果我们可以相信西东尼斯·阿波里纳里斯[2]的话）的不冷不热的晾干室，那里有舒服的榻床，你可以躺在上面和朋友聊天，等身上的汗落下去。至于公共澡塘，那就更是奢华到几乎难以想象了。罗马的哲人政治家塞尼加[3]

[1]公元前1700—前1400年爱琴海克里地岛上的古城。
[2]五世纪拉丁作家。
[3]约生于公元前4年，卒于公元65年。

说过："我们已经奢华到了在浴池里如果脚下踩不到宝石就不满意的地步了。"澡塘大小和设备的完善也不下于它奢华的程度。罗马皇帝戴阿克里欣❶的澡塘里的一间浴室就曾被用来改成一座大教堂❷。

还可以引用许多例证来说明我们的祖先所拥有的有限手段是如何可以利用来使得生活舒服的。这些例证很清楚地说明中古时代和现代早期的人们在生活上之所以既不讲卫生又不会舒服并不是缺少改变他们生活方式的能力，而是因为他们愿意那样，因为肮脏和不舒服适合于他们政治上、道德上和宗教上的原则和偏见。

舒适与精神生活

舒适和清洁与政治、道德、宗教又有什么关系呢？粗粗看上去人们会说在圈手椅和民主制度，沙发和家庭制度的松弛，热水澡和基督正统教义的衰亡之间既没有，也不可能有什么因果关系。但只要仔细看一下，你就会发现在现代生活中对舒适的要求的增长和现代思潮之间存在着极为密切的关系。我希望在本文里能说清这种关系，能阐明为什么艺术发达的十

---

❶生卒于公元284—305年。

❷指的是梵蒂冈的西斯汀教堂，里面有文艺复兴艺术大师米开朗基罗的有名的创世纪壁画。

五世纪的意大利王公贵人,伊丽莎白女王时代的英国人,甚至全盛时代的法国国王路易十四都不可能 (不是物质上而是心理上不可能)生活在罗马人会叫做像样的清洁卫生环境里,或者享受一下对我们是不可缺少的生活上的舒适。

先谈谈圈手椅和暖气。我准备说一下,这些事物只有在封建专制制度瓦解和旧式家庭和社会等级衰亡之后才可能出现。软椅子和沙发之所以存在是为了使人们可以懒洋洋地靠在上面。在一张精致的现代圈手椅上你也只好靠着。而这种姿势是既不足显示尊严又不能表达恭敬的。要打算显得神气或者训斥下属,我们总不能躺在软软的椅子里两脚蹬在壁炉架上,而必须坐直了,摆起架子才成。同样,要对一位夫人表示有礼貌或者对尊长表示敬意, 我们也不能靠在那里,就是不站起来也得挺直腰板儿坐着。在过去的人类社会里有一套等级制度,每一个人都要对下显示尊严对上表示恭敬。在这种社会里,斜靠地坐着是绝对不可能的。路易十四在他的朝臣面前不可能这样做,而他的朝臣在他们的皇上面前也不可能这样做。只有亲临议会时,法兰西皇帝才能当众倚在御榻上。在这种场合,他要斜倚在一张名为"正大光明"的榻上,王公们坐着,大臣们站着,其他的小家伙都得跪着。讲舒服被宣布为帝王的特权。只有皇帝可以伸直了腿。我们也可以相信,这腿也会伸得非常有帝王气概。这样斜倚着,纯粹是礼仪上的需要,毫不丧失尊严。不错,在通常日子里皇帝是坐着的，但要庄严端坐；帝王的尊严是不能不保持的。(因为，说到底，帝王的尊严基本上也就是保持外表上尊严的问题。)同时朝臣们也要保持臣服的外表，或是站着，或者因为官高并是皇室近支，甚至在皇上面前也可坐在凳子上。朝廷上如此，贵族家庭里也如此。皇帝和朝臣的关系也就是绅士和他的家人，商人和他的学徒和仆人的关系。毫无例外，在上的要显示出尊严，在下的要表达出服从以分清上下；这样谁还能不坐直了呢？就是在亲密的家庭关系里也是一样；父母像教皇和贵族一样以天赋的权力统治一切；儿女们就是臣民。我们的祖先对摩西十诫的第五诫[1]是非常认真的——如何认真可从下一事例中看出。在伟大的加尔文[2]以神权统治着日内瓦的时代，有一个孩子因为要打他的父母竟被当众枭首。孩子们在父母面前坐不正，也许不致有杀头之罪，但也会被认作大不敬，要遭到鞭笞、不许吃饭或关禁闭。为了没有举手到帽檐向他致敬这一件小事，意大利贵族维·岗扎加[3]就把自己的独生子踢死；要是他的儿子竟当着他的面斜靠在椅子里会惹得他干出什么事来——这真叫人不敢想下去了。儿女不能在父母面前歪着靠着，同样，父母也不能在儿女面前歪着靠着，怕的是在有责任尊敬他们的儿女面前降低了自己的威严。因

---

❶摩西十诫第五诫是：要尊敬父母。
❷法国基督教改革家，生卒于1509—1564年。
❸生于文艺复兴时代。

此，我们看到，在二三百年前的欧洲社会里从神圣罗马皇帝、法国国王到最穷的乞丐，从长须的尊长到儿童，任何人都不可能在人前不端端正正坐着。古代的家具就反映出使用它们的那个等级社会的生活习惯。中古和文艺复兴时代的工匠有能力造出圈手椅和沙发使人坐上去和今天的产品一样舒服，但社会既是那样，他们也就不去造它了。实际上，直到十六世纪，连椅子也是少见的。在那以前，椅子是权威的象征，现在委员会的委员们可以靠在椅子上，国会议员也坐得很舒服，但有权威的还是主席，或者叫做“坐在椅子上的人”(Chairman)，权威还是产生于一张有象征性的椅子。中古时代只有大人物有椅子。他们旅行时要带着自己的椅子以便一刻也不离开他的外在的、看得见的权威标志。就是在今天，宝座还跟皇冠一样是皇权的象征。中古时期，就是能坐下时，平民们也只能坐在长短凳或长椅子上。在文艺复兴时期，随着富裕的独立资产阶级的兴起，使用椅子才随便起来。买得起的就能坐椅子，但要端坐受罪；因为十六世纪的椅子还是宝座式的，谁坐上去都不能不被迫采取令人受罪的有威严的姿势。直到十八世纪时老的等级制度崩溃了，才有使人舒服的家具。但就是那时，也还不能在上面随意歪着靠着。可以在上面随意让人(先是男人，随后是妇女)歪着的圈手椅和沙发是直到民主制度巩固树立起来之后才出现的，是中产阶级发展壮大起来，老规矩不存在了，妇女解放了，家庭里的限制消失了之后才出现的。

暖气和封建制度

适当的房屋供暖是现代化的享受另一个组成部分，而这件事在古代社会的政治结构下也是不可能的，至少对当时的权势者是不可能的。在这一点上，市民比贵族强。住房较小，所以他们还能暖和些。但是王公贵族和皇帝、红衣主教却要住在和自己身份相称的宏伟壮观的殿堂里。为了证明比别人要高贵些，他们不得不置身于超乎一般大小的环境里。他们在溜冰场大小的敞厅里接见客人；他们常由大群人簇拥着穿过像阿尔卑斯山隧道那样长而多风的走廊过道，又要在恰像尼罗河的瀑布给冻结成大理石那样的楼梯上走上走下。在那种时代里做一位大人物就要花许多时间安排豪华的芭蕾舞等等表演，而这就要有宽敞的地方才能容得下演员和观众。皇宫和贵族的府邸甚至普通的乡绅住宅都要那么高大，这就是原因。他们就好像是巨人一样要住在十丈长三丈高的屋子里，否则就不合身份了。真豪华，真宏伟，可又是多么冷飕飕的呀！在我们今天，靠自己的本事奋斗上来的大人物没有必要和那些天生的贵人比阔气来维持自己的地位，因之他们宁可少摆点架子而多图点舒服，住进了小一点儿但可以取暖的屋子。(过去的大人物在他们闲暇的时间也是这么办的；大多数古老的宫殿都有些小套房间，宫廷上的大场面结束后，宫殿的主人就退居到那里去。但是大场面往往时间拖得很长，过去的不幸的王公贵人也就不得不摆起排场在冰冷的殿堂里和冷风飕飕的走廊过道里度过许多时间。)有一次在芝加哥的郊区开车，有人领我去看一所房子，房主据说是全城最阔和最有势力的人。那所房子中等大小，有十五到二十间不大的房间。这很使我诧异，并想起我本人在意大利住过的那些巨大的宫殿来(租金比在芝加哥存一辆福特汽车花的钱要少得多)。我还记得那大排大排的有通常舞厅大小的卧室，有火车站那么宽敞的客厅和宽得可以容两辆小卧车并排开过的楼梯。宏伟的宫殿，住在里面真觉得自己高人一等！可是一想起二月间从阿平宁山那边刮过来的怕人的风，我又觉得芝加哥那位阔人不去学另一个时代在不同的国家和他同样的人那样把财富花费在排场上是有道理的了。

洗澡和道德

是皇权、贵族和古代社会等级制度的没落才使我们获得以上谈到的现代享受的两个组成部分；至于第三个组成部分，洗澡，我想至少部分地应当归功于基督教道德的衰败。在欧洲大陆上，而据我所知也在别处，现在都还有修道院学校，在那里面年轻的淑女受到一种教养使她们深信人体是一种不洁和猥亵的东西，不但看到别人的光身子就连看自己的也是犯罪的。就是在准许她们洗澡时(在每两星期的星期六)，也要求穿上一件长达膝下的衬衣，甚至还要教会她们一种特殊的换衣服的技巧以保证她们越少看见自己的身体越好。幸好这类学校现在只存下个别的了，但在不久之前还是很普遍的。这类学校继承的是基督教的苦行传统，这个崇高传统由圣安东尼❶和那些底比斯的不洗脸、营养不足和禁欲的僧侣传下来几百年直到今天。因为这个传统削弱了，妇女才总算得到了经常洗澡这种享受。

早期基督徒对洗澡是全不热心的；但说句公道话，基督教的苦行传统倒也不一贯敌视洗澡这件事的本身。早期基督教的长老们觉得罗马人洗澡时男女混杂得惊人，这是自然的。但是他们里面较温和的是准备有限制地允许人们洗澡的，只是不要搞得不像样子。最后把罗马人的豪华澡塘搞掉的除了基督教的苦行主义之外，还有来自北方的野蛮人的破坏。实际上在笃信基督的时代洗澡也曾经复兴过一时。十字军从东方回来，带来了东方的蒸汽浴，似乎在欧洲颇为流行。为了某种不易了解的理由，洗澡的风气慢慢衰落了，十六世纪末期和十七世纪初期的男人或女人之不讲卫生和他们野蛮人的老祖宗不相上下。这种起伏可能与医学理论和宫廷的风气有关。

❶埃及的基督教苦行主义者，约生卒于公元250—356年间。

苦行主义的传统总是对妇女特别严格。在他们的日记里，法国的龚古尔弟兄[1]曾记下在法兰西第二帝国时代上层社会里有一种流行的观点认为，洗澡风行以来，妇女的娴静和道德水平是大为降低了。从此得到的必然推论显然是："女孩儿家要少洗澡。"青年女士们喜欢享受洗澡乐趣的应当感谢伏尔泰的嘲讽和十九世纪科学家的唯物主义。假如没有这些人来打破修道院学校的传统，她们恐怕直到今天也还同她们的先辈一样地娴静，也同她们一样地不讲卫生。

舒适与医学

然而，喜爱洗澡者最应感激的还是医学家。微生物传染的发现鼓励了讲卫生。今天我们是以印度教徒那样的宗教热情来对待洗澡的。洗澡对我们来说已经成为具有魔力的仪式，可以保护我们不受那些体现在喜爱肮脏的细菌上面的邪恶势力的毒害。我们甚至可以预言这种医学宗教还会进一步破坏基督教的苦行传统。自从发现阳光对人的好处以来，从医学上来说，穿过多的衣服就成为一种罪恶。不害羞已成为一种美德。很可能要不了多久，对我们来讲声望犹如原始人间的巫医那样的医生们就会要求我们一丝不挂的了。到了那

[1]爱德门和儒尔·龚古尔弟兄是法国十九世纪的艺术评论家，历史学家和小说家。

时也就达到了使衣着越来越舒服的最后阶段。这个过程已进行了有一段时间，先在男子中间，然后在妇女中间，而其间决定性的因素就包括等级制度下的繁文缛节和基督教道德的衰微。在他那本记载了格莱斯东[1]去世前不久访问牛津大学的描绘生动的小册子里，佛莱彻先生记下了那位德高望重的老人对牛津学生的衣着的评论。看来他对学生们穿衣服既不整齐又不考究是很恼火的。他说他年轻时青年人身上总要有值百把英镑的衣服和饰品，而每一个有自尊心的青年最少也要有一条他穿上后从不坐下的裤子，怕那样一来会走了样子。而格莱斯东去访问牛津时，那里的学生还是穿浆得很硬的高领衬衫和戴圆顶礼帽的。我们不知道如若他看见当前大学生们穿的敞领衬衫和花里胡哨的毛衣和松松垮垮的法兰绒裤子的话，他会作何感想。人们从来也没有像现在这样不讲究维持尊严的外表的了；这样随随便便是从未有过的。除去最庄严的场合，人们都可以不考虑级别地位而穿他觉得最舒服的衣服。

使妇女们不能舒适的障碍既有道德方面的也有政治方面的。妇女除了行动上不得不循规蹈矩之外，还要服从基督教苦行道德的传统。在男人早已放弃他们不舒服的礼服之后很长的时间内，妇女仍然为了庄重的缘故而忍受极大的不便。是世界大战把她们解放了出来。妇女一旦参加了战时工

[1]名威廉，英国政治家，曾四任首相，生卒于公元1809—1898年。

作，她们马上发现那种传统的端庄的衣着和工作效率很不相容。她们选择了效率。等到发现了少端庄一点儿的好处后，她们就再也不肯回到老样子去了，这大大改进了她们的健康也增加了她们个人的舒适。现代时兴的衣服之舒服是妇女们从未享受过的。甚至古希腊人或许都没有这么舒服过。不错，她们的内衣是再合理不过的；但是她们的外衣，和印度妇女的服装一样，只不过是拿一块布裹在身上再用别针别上就算完了。没有哪位妇女会感到要靠别针来保持自己的仪态是真正舒服的。

舒适本身就是目的

因传统的人生哲学发生变化而成为可能的舒适这件事，现在已经自行发展了。因为追求舒适已成为一种生理习惯，一种风气，一种本身就值得追求的理想。世界上使人舒服的事越多，人们也就越觉得它的可贵。尝过什么叫舒服的滋味的，不舒服对他就成为一种真正的折磨。崇拜舒适的风气是和任何其他风气同样厉害的。此外，和提供使人舒服的条件紧密结合的有巨大的物质利益。好舒服的习惯一减退，制造家具的、暖气设备的和管道设备的商家都吃不消。利用了现代广告术，他们有法子迫使它不但存在而且发展。

在简短地追溯了现代享受精神上的来源之后，我还得就它的影响说两句话。我们要得到什么总不免要付出些代价，因之要舒服就要以失去别的同样有价值甚至是更为有价值的东西来作为代价。当前一位有钱的人盖房子一般总是首先考虑他未来的住所是否舒服。他要花一大笔钱。因为舒适的代价是很高的：在美国，人们常说水暖俱全，房子出让。在洗澡间、暖气设备和带软垫的家具等等上面，花了这笔钱，他就觉得他的房子是十全十美的了。若在以前的时代，像他这样的人却首先会考虑他的房子是否华丽，是否给人以深刻印象——换句话说，就是先考虑美观再考虑舒服。我们同代人花在浴室和暖气上的钱在过去就会花在大理石楼梯，宏伟的外表，壁画，一套套金碧辉煌的房间和绘画雕像上。十六世纪的教皇们的居住条件之不舒服在一位现代银行家看来会是不能容忍的；但是他们有拉斐尔[1]的壁画，他们拥有西斯汀教堂，还有镶有古代雕塑的长廊。难道因为梵蒂冈没有浴室，暖气和软椅子，我们就应当觉得教皇们很可怜了吗？我有点觉得我们当前要求舒服的热情是有点过分了。虽然我个人也好舒服，但我曾住过差不多不具有英国人认为不可缺少的任何现代设备的房子而感到很快乐。东方人，甚至于南欧人是不大知道什么叫舒服的，他们的生活和我们祖先在几世纪前的生活差不多，可是虽然缺少我们那一套复杂而价值高昂的软绵绵的奢侈品，他们似乎生活得也很好。我是个守旧派，仍然

[1] 意大利画家（1483—1520）。

相信有高雅的也有低俗的东西，我看不出不能提高人们思想境界的物质进步有什么道理。我喜欢能节省劳力的装置，因为它们可以使人们省下时间去从事脑力活动。(但是这是因为我喜欢脑力活动；有许多人可不喜欢这样，他们喜爱节省脑力的装置就和喜欢自动洗碟机和缝纫机一样。)我喜欢迅速而方便的交通，因为扩大人们可以活动的世界的范围就会扩大他们的心胸。同样我也觉得寻求舒适是正当的，因为那样就可以提高精神生活。不舒适会阻挠思想的活动：身上又冷又酸痛要用脑子也是困难的。舒适是达到目的的手段。可是当前的世界看来却把它当作一种目的，一种绝对好的东西了。也许有一天大地会被变成一张巨大的软垫床，人的躯体在上面打盹儿，而人的心灵却被压在下面，像苔丝蒂梦娜[1]那样地憋死了。

周珏良　译

[1] 莎士比亚悲剧《奥赛罗》的女主人公。

表象

〔奥地利〕约瑟夫·罗特

自从这个世界上痛苦叠加以来，从表象看，世上的快乐却丝毫未减。这个世界似乎根本就弄不明白，它每时每刻承受的一切究竟是什么。如果仅仅依据表象作出判断，似可断言：从主观上看，这世界是光明的；而在客观上，人所周知，这世界是阴霾的。人们藉以观察世界的，是报纸杂志上静止的摄影图片和电影新闻中活动的影像画面。例如，世间媒介中，从来见不到哪一位欧洲国家元首，在遭受史无前例的外交挫折之后不以愉快的微笑泰然处之；从来见不到哪一位网球冠军，在被击败之后不以微笑面对那些显然绝不失望的球迷们；从来见不到哪一位拳击手，在得胜之后不将一身肌肉掩入浴袍，将心中的喜悦和着血腥与泪水，兄弟般地与对手握手致谢，而身边那位败者的微笑近乎悲伤，形同听任胜者宰割的牺牲品；从来见不到哪一位重伤的赛车手，即便在外科手术室与死亡之间的分水岭上，不以貌似心满意足的神情艰难喘息。这些并不是异常现象，而是病态症状。

诚然，上述主使者及其所谓和善的、在性质上乃是愉快的举动，昭示的却极不可能是一个令人愉悦的场景。近日里，一位年轻姑娘在多家报纸上频频亮相，原因是她曾在某一天怀揣1美元——另一种说法是5美元——离家出走，为的是见识一下全世界。如果她真的认识了这个世界，她本来更有理由作出忧郁伤感的表情。但是，无论她本人，还是报道她的报人，都没有意识到，他们的初衷显然完全适得其反。一个节日，一场舞会，一次选美竞赛，一个庞大展览，一次赛跑，一场卡巴莱酒吧的歌舞表演，一份新面世的画刊，一位刚刚离异、旋又坠入爱河的电影明星——面对这些场面和人物的光彩，原本很可能没有人会感到惊讶。然而，即使那些在已经停工的厂房里罢工的工人们，也会遵从“图片报道”记者的摆布，蹲坐在工厂的院墙上任人照相。于是，从一切表象看，罢工者初衷的严肃性、导致罢工的实际原因、罢工者本来可能作出的妥协，均与世人相隔绝。从表象看，换言之，依据图片报道来判断，无产者在罢工时的快乐，恰似那位怀揣一美元走天下的小姑娘。究竟是何种神秘而又巨大的力量，鼓动工人们遵从一个编辑部或一家时事图片炮制所，攀爬到院墙上去？

无论如何，是一种魔鬼般的力量。这样做的目的，似乎是要把当事者和旁观者都描写成永不知愁的乐观主义者。于是，不幸就被蒙上了万般幸运的外衣。但是，这种不幸事件的参与者或牺牲者，绝不可能赢得一个微笑、一点儿快乐、一片友善。例如，在西班牙遭受轰炸和在德国遭到大屠杀的牺牲者们，根本没有或极其偶然地被照相留影。这就是说，从表象看，这个世界上笼罩着虚伪的歌舞升平。

但是，所有这些照片无一例外地表明，它们在第一秒钟内尚能给人以歌舞升平的假象，但在第二、第三秒钟之后便成了一种虚伪。那种微笑，像铁夹子一样锁定在女明星、环球旅行女冒险家、内阁部长、拳击手、网球手的嘴边。一副铁夹子？毋宁说是一副微笑着的牲口嘴套，它是由本人自愿套上的，为的是可靠地抵御主动说真话的企图或被迫说真话的压力。照片招供的速度快得多；还没等刊登照片的廉价纸张发黄褪色，照片的谎言就已经不攻自破了。世人两天后在厕所内观察那些微笑者时——厕所内虽然已经清扫过了，但仍有理由继续予以粉饰——此时是在昏暗的灯光下观察他们，其形象要比摄影瞬间的闪光灯下更加真实。于是可以断定，我们庆祝和观赏的，原本是些并不绚丽的节日；塞进我们嘴里的，不过是些酸葡萄；灌进我们肚内的，不过是些走了味的葡萄酒；与大毛驴负重相比，大笨蛋承受头衔、荣誉、官职和责任时要轻松惬意得多；人们已无须背叛感情，因为分道扬镳如同一纸协议，从一开始就已签字画押，图的是快刀斩乱麻；商海中奸商横行，美丽的大海拥有貌似平静的水面，因为海水是由刀枪剑戟重金属汇成的。不能轻率地指责一切谎言都像以往那样伪善，因为如今的谎言平和模糊，给人以真理的假象，宛若勾了芡的粥状谎言。

照片上的人物原型，毕竟不像拍成照片再配上文字那样容易迷惑我们。每当我们隐约看见那种司空见惯的歌舞升平景象——圣诞市场、新年庆典、狂欢节化装舞会都在期待我们——就似乎看见了已经石化的灰色熔岩，似乎预见到了未来，熔岩即将从火山口喷出，而我们脚下的这个火山将不会仅限于翩翩起舞。笼罩并装点这一盛世假象的，竟然不是火山喷发前的恐惧，而是喷发后业已石化的岩浆构成的灰色末日。死神尚有再生之德，尚有天使之誉，而斯者只会制造阴暗和灭亡。因为，这个地球上的生命都是相同的。一个生灵与另一个生灵如同兄弟姐妹，即使相隔万里。每当某一方发生不幸，不幸就会蔓延四方。也许在经济上可以“闭关自守”，但在道德上根本不可能。我时常路过的那个电影院前，站着两排人，由警察维持秩序。为了得到电影票，他们耐心地排着队。上演的是一部喜剧片，然而期待观赏的人群中却酝酿着无名苦楚的反应，因为仅在百里之外的那些年轻城市中，这些排队者们承受着改建、新建和改造所带来的破坏；期待享受者与期待解脱者的命运并无二致，因为，痛苦也不可能“闭关自守"。痛苦骑着一匹魔鬼般的牡马在全世界奔跑,东西南北,无一遗漏。

王建政　译